Rothoring

Das Aufwachen

Rosmarie Klaka - Lampert

Copyright © 2010 bei Rosmarie Klaka-Lampert
Ambaji Verlag Basel, Schweiz
ISBN 978-3-905050-09-7

Herstellung: Books on Demand GmbH, Norderstedt

Endlich ist es soweit

Endlich ist es soweit. Das Wissen wurde frei gegeben und ich darf Rothoring in einem Buch an alle weitergeben. Du fragst Dich vielleicht warum erst jetzt? Die Antwort bekommst Du auf Seite 111
Rothoring, mein geliebtes "Kind". Rothoring, das "Wunder", Rothoring, das göttliche Geschenk, das für alle, die es wirklich wollen, einen Wegweiser aus der Sackgasse der Verstrickungen mit karmischen Altlasten zeigt. Ein Werkzeug, das jeder benutzen kann und darf, so oft und so viel er will.
Ein Werkzeug, das uns hilft, störendes Verhalten aufzulösen.
Ein Hilfsmittel, um unserem physischen und psychischen Körper beizustehen.
Vielleicht sogar, um aus einer Sucht, ohne therapeutische Hilfe, aussteigen zu können.
Rothring ist auch da, um lästige Gedanken, Ohrwürmer (zum Beispiel einen Schlager oder irgendwelche Töne) oder ein nicht abgeschlossenes Streitgespräch endlich zum Schweigen zu bringen.

Auch kann man damit Unsicherheit, ‚Kein-Selbstvertrauen-Haben', Angst vor oder mit Menschen zu sprechen oder sonstige, störende, psychische Probleme in den Griff bekommen.
Mit Rothoring können auch alle Ängste aufgelöst oder mindestens erträglich gemacht werden.
Einschneidende Kindheitserlebnisse, schreckliche, uns verfolgende Bilder, psychische Nachwirkungen von Unfällen und vieles mehr, können mit Rothoring aufgelöst werden.
Es gibt Nichts, das mit Rothoring nicht beseitigt oder mindestens verringert werden kann.

Zu diesem "Wunderding" ist nur eins notwendig: die Bereitschaft und der Wille etwas zu verändern.

Und wenn's am Willen fehlt?
Versuch es doch einmal mit Rothoring, denn auch ‚Willenlosigkeit' kann aufgelöst werden.
Die Bilder, die ich hier im Buch verwende, sind meine Bilder. Für den Anfang würde ich Dir jedoch empfehlen, diese Bilder zu benutzen. Du kannst sie, wenn Du willst, später beliebig abändern. *Kursiv geschriebene Texte zeigen das an, was unbedingt beim Kreieren von eigenen Bildern berücksichtigt werden muss.*

Für Leiden und Symptome, die wir schon Jahre, gar jahrzehntelang mitschleppen, reicht meistens ein einmaliges Üben nicht aus, um dem Spuk ein Ende zu setzen. Lass Dir Zeit und beobachte Dich gut. Auch kleine Schritte führen zum Erfolg.

Die Welt ist auch nicht an einem Tag erschaffen worden. Der liebe Gott liess sich einige Tage Zeit dazu.

Mit Dir selber darfst Du so viel und so oft üben und arbeiten, wie Du willst.
Es gibt nur ein

"NOCH NICHT ERLAUBT":

das ist das Arbeiten mit anderen. Alle die Übungen und all das Wissen in diesem Buch sind ausschließlich dazu da, um mit sich selber zu arbeiten. Später werde ich Dir noch erklären warum und werde Dir auch Übungen weitergeben, wie Du mit andern Menschen arbeiten darfst. Bitte halte Dich daran.

Wir sind alle Gottes Zauberlehrlinge und Fehler können passieren. Ein ‚Fehler' beim Üben mit Dir selber ist nicht schlimm, denn Du kannst ihn jederzeit wieder auflösen. Bei einem anderen Menschen kann er jedoch sehr unangenehme und verheerende Folgen haben.

Bitte übe nur mit Dir!

Das kosmische Gesetz.

Alles ist möglich, alles ist erlaubt, solange wir uns an die kosmischen, göttlichen Spielregeln halten.
Wir haben ein kleines Samenkorn, das Ursprungssämchen, aus dem ein Baum wächst. Es wird ein grosser Baum mit unzähligen Blättern. Immer mehr Blätter werden es und alle glauben, es sei die unglaubliche Leistung des Baumes, der all die Blätter ‚gemacht' hat. Wer besinnt sich noch auf das kleine, unscheinbare Samenkorn, wenn er den Baum in seiner ganzen Grösse und Stärke, in all seiner üppigen Blätterpracht sieht. Und doch ...
Der kleine Samen ist der Ursprung. Ohne den Samen gäbe es die Fülle an Blättern nicht. In ihm war die ganze Programmierung, die ganze Information, wie der Baum zu sein hat.
Ohne dieses einzige kosmische Gesetz gäbe es wirklich die Schwemme an religiösen, gesellschaftlichen, wirtschaftlichen, menschlichen und unmenschlichen, sinnvollen und unsinnigen Gesetzen nicht. Und doch ist dieses eine allum-

fassende Gesetz so unumstösslich einfach. Es braucht nicht seitenlange Erklärungen, nicht Hunderte von Paragraphen. In einem Satz ist es gesagt:

Den freien Willen des anderen respektieren.

Das war's schon. Das ist das Geheimnis und der Quell der fliessenden, liebenden, harmonischen Energien.

Ja, aber…!

Halt, halt! Bevor Du jetzt mit all Deinen Einwänden kommst, überlege Dir von jedem Gesetz, das Du kennst, den Ursprung. Du wirst sehr schnell feststellen, dass es sinnvolle und weniger sinnvolle Gesetze und Regeln gibt und doch liegt allen diesen Regeln das erste Samenkorn, dieses Urgesetz zu Grunde.
Warum wollen wir den freien Willen des andern nicht anerkennen? Warum übertreten wir so oft bewusst oder unbewusst dieses kosmische Gesetz? Welche Gründe, welche Motivation treibt uns dazu, unseren Mitmenschen nicht zu respektieren?
Zuallererst auf der dunklen Liste des Nichtbeachtens müssten wir da sicher das ‚Macht-über-andere-ausüben' setzen; Macht, Machtbedürfnis, machthungrig, machtsüchtig …etc.

Hast Du die Wörter schon einmal genauer unter die Lupe genommen? Hast Du Dir schon einmal überlegt, woher sie kommen?

Zum einen ist es der Stamm des Wortes selbst. Die Zusammensetzung der Buchstaben. Der Stamm ist ‚machen'. Wer soll machen? Du oder der andere?

"Selbstmächtig habe ich entschieden..." Das heisst doch, ohne die anderen zu fragen, ob sie mit meinem Tun einverstanden sind. Ihre Wünsche und Bedürfnisse habe ich nicht in meine Entscheidung einbezogen, nicht respektiert.

Machthungrig ..., machtgierig ..., machtsüchtig ... Diese unguten Eigenschaften entstehen meistens aus Unsicherheit und zu wenig Selbstvertrauen. Aber wer gibt schon zu, dass er machtsüchtig ist, denn dann müsste derjenige ja zugeben, dass er oder sie kein Selbstvertrauen hat.

Ich glaube, diese Liste ließe sich noch lange fortsetzen. Spiel ein bisschen mit dem Wort und es werden Dir noch viele Beispiele zu Machtmissbrauch einfallen.

Wenn wir Macht von einer anderen Seite aus betrachten ..., da sieht's dann schon ein bisschen anders aus.

Die Dreieinigkeit, Luzifer, Satan und Teufel, hat auch da, wie fast überall, die Hände im Spiel. Dieses Mal ist Luzifer der Haupttäter.

Luzifer heisst 'der Lichtbringer';
Licht ermöglicht uns zu sehen;
Sehen und Erkennen geben uns Erkenntnis;
Erkenntnis bringt uns Wissen;
Wissen führt uns in Versuchung und nun?
Hier teilen sich die Wege;
Der eine Weg:
Wissen kann in Weisheit gewandelt werden;
Der andere Weg:
Wissen ist Macht.

Entweder wir erkennen die Versuchung der Macht über andere und lehnen sie strikt ab oder die Versuchung sieht so grosszügig und gut aus, dass wir über sie stolpern.
Machtmissbrauch kann so ‚harmlos', ‚lieb' und ‚hilfreich' aussehen. Du glaubst das nicht?
Es gibt so viele psychologische, esoterische, spirituelle, soziale und medizinische Therapien und Methoden, die sicherlich den freien Willen des anderen nicht immer respektieren. So viele gute und weniger gut gemeinte Ratschläge, die unserem Innersten widersprechen, so viele Beeinflussungen, die uns zum Tun verleiten, obwohl wir im Innersten spüren, dass es uns nicht bekommt. Welcher Heiler oder Helfer hat nicht, natürlich nur im versteckten Kämmerlein, geträumt, ein ganz berühmter Heiler zu sein? Sicher ist dieser Superheiler- oder

Weltverbesserertraum ein grosser Stolperstein, über den leider sehr viele stolpern.

Wir möchten dasselbe können, das Jesus Christus konnte. Sobald ein kranker Mensch in seine Nähe kam, wurde dieser Mensch gesund. Andere träumen davon, ein Super-Star-Chirurg oder göttlicher Mediziner zu werden. Auch in der Forschung und Wissenschaft hat Luzifer doch ein bisschen viel Licht gebracht. Viel zu viele haben den verführerischen Weg gewählt. Vielleicht ist das ein bisschen übertrieben ausgedrückt, aber nur wer von sich selber überzeugt ist, kann wirklich helfen. Nur wer den wirklichen Inhalt des Wortes Demut kennt und beherzigt, ist wirklich ein „Heiler". Die teuflische Dreieinigkeit hat dieses wertvolle Wort ‚Demut' mit so viel Negativem beladen, dass es fast unverständlich geworden ist. Die Grenze von Selbstsicherheit und Selbstüberschätzung ist leider nicht gut erkennbar. Beim kleinsten Übertreten dieser Grenze grinst Luzifer über seinen Sieg.

So viel wird geforscht, so viel wird gefunden, so viel wird erfunden, nur was daraus gemacht wird … , da hat vermutlich Satan Versucher gespielt.

Oder schauen wir uns einmal - alle! - Religionen an. Gibt es eine, bei der nicht die oberste Priesterkaste Macht missbraucht? In den unteren Rängen sieht es aber kein bisschen besser aus. Selbstverständlich sind nicht alle religiösen Menschen in einen Topf zu werfen. Sicher gibt es in jeder Religion Menschen, die der Versuchung widerstehen können. Aber ob Weltreligionsführer oder kleine Hinterzimmergurus, sehr viele versuchen auf Kosten anderer zu leben, andere Menschen zu eigennützigen Zwecken zu missbrauchen; oder ihre Anhänger, oft mit Drohungen zu knechten, um sie gefügig zu machen. Es ist kein Frevel oder ketzerisches Denken, unsere Kirche oder religiöse Gruppe, der wir angehören, einmal genauer anzusehen. Erkenne die Missachtungen des göttlichen Gesetzes.

Es gibt ein wunderschönes Gleichnis*:*

Sicher kennst Du dieses Gleichnis in dieser oder ähnlicher Form.

Jemand trifft einen hungernden Menschen und schenkt ihm einen Fisch. Für einen Tag hat dieser arme Mann nun zu essen.
Lehrst Du diesen Menschen jedoch fischen, dann ernährst Du ihn sein Leben lang.

Dieses Gleichnis kannst Du in unzähligen Varianten erzählen.
Lehre einen Menschen Korn zu sähen und Brot zu backen und er hat täglich sein Brot.

Lehre einen Menschen beten und seine Göttlichkeit wahrzunehmen, so braucht er keinen ‚Priester' mehr, der für ihn betet und ihm das ‚Wort Gottes', zum Teil als Zerrbild, weitererzählt.
Lehre einen Menschen Selbstverantwortung übernehmen und er ist von niemandem und nichts mehr abhängig.
Wir brauchen keine hohen Kirchenfürsten, die Armut und Leiden als erstrebenswerten Zustand predigen und selber in Luxus und Reichtum leben.

Ja, was soll ich jetzt tun? Ich bin gläubiger .... (setze hier Deinen Glauben, Deine religiöse Zugehörigkeit ein).

Auf keinen Fall solltest Du jetzt glauben, dass Du einer falschen Religion angehörst und zu einer andern wechseln solltest. Was Du aber tun kannst, ist: fange an selber zu beten, aber bitte keine vorgefertigten Gebete, sondern so, wie Dir gerade zu Mute ist und wie Dir ‚der Schnabel' gewachsen ist. Lerne selber denken, lerne selber in Dir Deine Gotteszugehörigkeit zu spüren. Höre gut zu, mach Dir über das Gehörte Deine Gedanken, stelle Fragen, nimm nicht alles als gegeben hin.
Himmel und Hölle wurden uns von religiösen Oberhäuptern zum Zweck des Unterdrückens in dieser Form weitergegeben.
Klarer Fall von Machtmissbrauch.

Es gibt keine Religion, die nicht der absoluten göttlichen Allgegenwart unterstellt ist. Vielleicht wird dieses göttliche Prinzip anders benannt, das ist durchaus möglich, aber diese liebende, allgegenwärtige Energie ist und bleibt dieselbe, ganz gleich welchen Namen Du ihr gibst.

Fast so wie mit dem grossen Baum, der so viele Blätter trägt, ist es mit dem göttlichen Prinzip, nur dass es nicht aus einem Samenkorn entstanden ist, sondern dass es selbst das Samenkorn ist, dass es ewig ist, das heisst ohne Anfang und ohne Ende und sich in Unendlichkeit erneuert. Ich werde später noch auf die Ewigkeit, auf die Unendlichkeit und auf dieses ‚ohne Anfang und ohne Ende' zurückkommen. So viele Namen und noch unzählige mehr wurden dem göttlichen Prinzip, seit es Menschen gibt, gegeben.

Auch in religiösen und spirituellen Bereichen könnten wir, wenn wir wollten, einige Seiten mit 'guten' Gründen füllen, warum geistige Führer Menschen, die ihnen nachfolgen, zum Teil mit massiven Drohungen vor 'Unheil' und 'Gefahr' schützen wollen. Warum dann erst gedroht und Angst gesät werden muss, ist eigentlich unverständlich.

Auch in politischen und erzieherischen Kreisen sieht das Ganze nicht besser aus. Jemandem Angst zu machen oder jemanden zu bestrafen ist schon massiver Machtmissbrauch.

Das kosmische göttliche Gesetz wird von so vielen Menschen missachtet. Meistens jedoch unbewusst und unbedacht, leider oft auch bewusst und willentlich.

Löst das bei Dir grosses Staunen aus?
Kaum.

Willst Du ein bisschen Rätsel raten?
Nehmen wir mal eines der unsinnigsten Gesetze:
Wie krumm darf und muss eine Gurke sein, dass sie nach EU Norm noch als Gurke zugelassen wird?
Sinnlos? Ja und Nein. Für den Verzehrer der Gurke sicher sinnlos, denn der möchte ja schließlich einen guten Gurkensalat essen und nicht in der Küche mit Metermass und Zirkel austesten, ob nun das Gesetz eingehalten wurde oder nicht. Ausserdem möchte er für seine Gurke das bezahlen, was die Gurke Wert hat und nicht noch zusätzlichen Lohn für den Kontrolleur, der fürs Nachmessen und Überwachen, dass das Gesetz eingehalten wird, viel Zeit braucht.
Und wie sieht es jedoch mit den anderen Menschen aus, die mit der Gurke zu tun haben?
An erster Stelle dem Bauern, dem Hersteller der Gurke. Zum gleichen Lohn sortiert er stöhnend die nicht brauchbaren Gurken aus. Das heisst, sein Wille wurde nicht respektiert, einfach Gurken zu ziehen und zu verkaufen. Der Zweite in der Reihe ist der Transporteur, der hat sicher nichts dagegen,

wenn pro Kiste einige Gurken mehr transportiert werden können. Er hat die Einführung dieses Gesetzes auch befürwortet, denn er hat dadurch mehr Verdienst, weil er pro Fahrt mehr laden kann. Hat er den freien Willen des Bauern respektiert? Unwissend und sicher nicht böswillig, da können wir klar sagen: Nein.
Die Kette geht weiter. Die Firma, die die Gurken einkauft, das Geschäft, das die Gurken verkauft und der Konsument, der dieses absurde Spiel mitspielt.
Am Schluss entsteht ein solch widersinniges Gesetz aus reiner Selbstsucht und Besitzgier.
Die Quizfrage:
Wer hält sich hier nicht an die göttlichen Spielregeln?
Und vor allem, wie sieht es für die Opfer aus? Gibt es überhaupt Möglichkeiten, diesem "Gesetzesmissbrauch" zu entrinnen? Können sich Opfer wehren?

Die Selbstverantwortung

Ja, ja die liebe Selbstverantwortung. Wir kennen dieses Wort sehr wohl, aber wissen wir auch, was es heisst?
Wir wissen alle, was Verantwortung heisst. Das wird uns schon als Kind beigebracht. Wir wissen auch, was SELBST heisst. Das erkennen und lernen wir in unserem ersten Trotzalter. Hier schon werden die Weichen gestellt. Bin ich lieb, wenn ich versuche mich selbst durchzusetzen? Oder bin ich böse, weil ich lautstark versuche zu bekommen, was ich will? Diese Zeit ist die Grundsteinlegung für unser Selbstvertrauen. Es ist sicher die schwerste Zeit für Eltern, dem trotzenden Kind nicht zu vermitteln, du bist böse, weil du einen eigenen Willen hast, sondern ihm ganz klare Grenzen zu setzen und nicht beim ersten lautstarken „Bäähh" des Kleinen weich zu werden. Eine schwere Zeit, ein Tanz auf Messers Schneide, die Frage bleibt, was ist zu viel und wo ist es zu wenig. Später sehen wir Eltern, was

wir falsch gemacht haben. Zu spät zum Korrigieren. Schuldgefühle schleichen sich ein...
Halt, stopp...
Ein klarer Fall für Rothoring.

Im Buch „God calling" habe ich einen Text gefunden, den ich Dir nicht vorenthalten möchte.

Bereue nichts

„Bereue nichts, nicht Sünde noch Versagen. Der Mensch ist so beschaffen, dass er das Gewicht von 24 Stunden zu tragen vermag, nicht mehr. Sobald er sich von den vergangenen Jahren und den bevorstehenden Tagen niederdrücken lässt, bricht sein Rücken. Ich habe versprochen, euch nur mit der Last des heutigen Tages behilflich zu sein; die Vergangenheit habe ich von euch genommen, und wenn es euch, törichte Herzen, beliebt, diese Last nochmals aufzunehmen und zu tragen, dann spottet ihr meiner in der Tat, wenn ihr erwartet, dass ich sie mittrage. Auf Wohl oder Wehe ist jeder Tag zu Ende. Was noch zu leben ist, die nächsten 24 Stunden, denen müsst ihr beim Aufwachen entgegen sehen.
Wer eine Wanderung macht, trägt nur das bei sich, was er für den Marsch braucht. Hättet ihr Mitleid mit ihm, wenn ihr sehet, wie er auch noch das erdrückende Gewicht der abgetragenen Stiefel und

Kleider vergangener Wanderungen und Jahre mit sich trägt? Und dennoch, im mentalen und spirituellen Leben tut der Mensch so etwas. Kein Wunder, dass meine arme Welt betrübt und erschöpft ist. So dürft ihr nicht handeln."

Wer klagt heute nicht über Rückenschmerzen? Sicher ist unsere sitzende Lebensweise nicht die ideale Form des Daseins, aber ob Naturvölker oder Neandertaler auch schon Rückenschmerzen gehabt haben, entzieht sich leider meiner Kenntnis.
Was aber ganz sicher ist, dass wir einen viel zu grossen Rucksack mit bewussten und unbewussten Schuldgefühlen, ‚Nicht-Richtig-Gemachtem' oder ‚Nichtgemachtem', Versagens- und Wertlosigkeitsgefühlen, Ängsten und noch so vielem mehr mit uns herumschleppen, das wissen wir ja eigentlich schon. Auch viel zu viele Zukunftsängste haben wir noch obendrauf gepackt und so schleppen wir uns mühsam, mit gekrümmten Rücken, durchs Leben. Durch die grosse Last machen unsere Beine und Knie nicht mehr so richtig mit. Mit jedem Jahr, das vorbei geht, drückt uns die Last mehr zu Boden und irgendwann flüchten wir in eine Krankheit und glauben doch tatsächlich, das würde uns helfen die Last zu tragen.

Was tun?

In sehr vielen esoterischen Bücher empfehlen sie uns: Loslassen, loslassen, loslassen... Oft mit unwirksamen Methoden, die mithelfen, uns noch mehr Schuld- und Versagensgefühle aufzuladen.

Es gibt sie, die guten Hilfebücher, nur leider ist es fast so wie mit dem Schlaraffenland: erst muss man sich durch einen Riesenberg von ungeliebtem Griesbrei durchfressen, so dass wir, kaum sind wir drinnen, schon satt sind und fast nichts mehr essen können.

Viel zu oft höre ich: "Ich hab doch schon so vieles ausprobiert. Ich mag einfach nicht noch mehr unsinniges Zeug in mich reinstopfen.

Es gibt zum Glück nicht nur ein Rezept, das hilft und vor allem, jeder Mensch nimmt das Gelesene oder Gehörte anders auf und reagiert anders. Rothoring ist eine ganz praktische Loslasstechnik, die sich für jedermann und jedefrau eignet.

Es braucht kein tägliches Üben, keine Gruppe um es zu praktizieren und es nimmt (fast) keine Zeit in Anspruch.

Geduld, Geduld. Du wirst noch früh genug deinen Riesenhaufen zu sehen bekommen, der nur darauf wartet, bearbeitet und abgebaut zu werden. Nur keine Angst, wenn's auch am Anfang nach unendlich viel aussieht, lösen sich doch sehr viele Dinge selbständig und automatisch auf, wenn Du an einer Ecke zu arbeiten anfängst.

Was heisst Rothoring?

Den Zugang zu Rothoring bekam ich 1991. Damals hatte diese Art zu arbeiten natürlich noch keinen Namen. Ein mir sehr lieber Mensch musste eine ihm unangenehme, jedoch regelmäßig wiederkehrende Arbeit erledigen. Wie jedes Mal war seine Laune schon einige Tage im Voraus auf Sturm und das Zusammensein mit ihm wurde recht ungemütlich. Eines Tages hatte ich genug und einem spontanen Gedanken folgend habe ich mit ihm "gearbeitet". Am nächsten Morgen setzte er sich hin, ohne schlechte Laune, ohne Streiten und Toben und erledigte seine Arbeit.
Für mich war es ein grosses Staunen und ein noch grösseres Fragezeichen. Ich erzählte ihm, was ich mit ihm gemacht hatte.
Und dann ging's ans Üben und Ausprobieren. Allen, die es hören wollten, habe ich davon erzählt. Von immer mehr und mehr Leuten kamen Rückmeldungen und Erfolgsberichte. Aus diesen vielen Erfahrungsberichten wuchs auch das einzige

wirkliche Verbot, was wir mit Rothoring nicht tun dürfen (Machtmissbrauch).
Verboten ist:

Jemanden, ohne seine ausdrückliche Einwilligung, mit Rothoring zu ‚bearbeiten'.

Du kannst nur weitergeben, was Du hast. Besitzt Du einen Korb voll mit Äpfeln, kannst Du Äpfel weitergeben, so viel wie Du willst. Hast Du Erfahrung, kannst und darfst Du sie weitergeben, so oft und so viel wie Du willst.
Aber sage bitte nie: „Du musst unbedingt Rothoring machen, nur das kann dir helfen."
Empfiehl diese Arbeit demjenigen, der Dich um Hilfe bittet: „Ich habe Rothoring ausprobiert, versuch es doch auch einmal damit." Und dann darfst Du erzählen, wie Du es gemacht hast.
Noch eine Bemerkung zu dem oben angesprochenen Verbot:
Bearbeite Dich selbst, so viel Du willst mit Rothoring, aber lass die Hände weg von anderen Personen. So wie Rothoring entstanden ist, genau das ist nicht erlaubt. Ich bin meinem Partner wirklich dankbar, dass er sich als Versuchskarnickel zur Verfügung gestellt hat.
Die Wurzel dieses Verbots ist wieder einmal das kosmische Gesetz:

Den freien Willen des anderen respektieren!

Du erlaubst auch niemandem, ohne Deine ausdrückliche Bewilligung, in Deine Wohnung zu kommen und einfach Deine Möbel umzustellen, neue Möbel oder Gegenstände in Deine Räume hineinzutragen oder gar Dinge wegzuwerfen. So ist es auch mit Rothoring. Am Schluss des Buches werde ich die Anleitung für Rothoring mit anderen Menschen geben. Aber bitte keinen Machtmissbrauch und nur mit der absoluten Einwilligung des anderen.
Mit dieser Technik musst Du nicht hausieren oder gar missionieren gehen. Vorzuleben ist und bleibt die überzeugendste Empfehlung.

Noch das kleine Geheimnis des Namens: Irgendwie musste ich dem Kind ja einen Namen geben und so wie ich bin, habe ich mich an den Anfang gestellt. Das **RO** stand fest. Dann kam natürlich mein erstes Opfer an die Reihe. Thomas ist der Name meines Angetrauten und so kam **THO** dazu. Jedes Wort das auf **ING** endet, geht nach innen und weil Rothoring eine Arbeit mit unserem Inneren ist, musste der Name mit ing enden. Rothoing war mir doch etwas zu holperig und so kam noch ein **R** zur Verschönerung dazu. Sehr gefreut hat es mich, als eine Dame, die keine Ahnung hatte, was Rothoring heisst, mir das Wort numerologisch ausgewertet hat und zum Ergebnis gekommen ist, dass dieser Name heisst:

Leben mit der Wahrheit.

Irgendwo habe ich den folgenden, faszinierenden Satz gefunden. Leider weiss ich nicht, wer ihn erdacht hat, er entspricht jedoch genau dem, was Rothoring ist.

Läuft Dein Leben nicht so wie Du denkst, dann denke anders!

Na ja, leichter gesagt als getan. Versuch es doch einmal mit Rothoring, genau dafür ist es da.

Eine wichtige, kleine Vorübung

Integriere diese kleine Vorübung, diese Sekundenmeditation, in Dein Leben. Am Anfang geht es zwar noch nicht in Sekundenschnelle, umso öfter Du jedoch übst, desto schneller geht es. Übe zuerst im stillen Kämmerlein. Schon bald kannst Du überall üben, wann und wo es Dir gefällt und Du einige Sekunden Zeit hast. Zum Beispiel, wenn Du auf die Strassenbahn wartest, wenn Du irgendwo anstehen musst, wenn Du am Morgen aufstehst und vor dem Einschlafen, zwischendurch am Arbeitsplatz und vor allem, wenn Du eine schwierige Aufgabe vor Dir hast; zu jeder Tages- und Nachtzeit und wo Du Dich gerade befindest. Die ersten 10- bis 20-mal übe jedoch, wenn Du Zeit und Ruhe hast und Dich niemand stört.

Herzmitte - Meditation

Setz Dich hin und schliesse die Augen. Yogasitz, Meditationsbänkchen oder Kissen sind absolut unnötig. Auch musst Du Dich nicht in einen speziellen Meditationsdress stürzen. Bleib so einfach und natürlich wie möglich. Übe die ersten Male, wenn Du alleine bist.

- Schliesse die Augen, (auch nur am Anfang notwendig!);
- beim nächsten Einatmen stellst Du Dir vor, wie Dein Bewusstsein in Deine Herzmitte rutscht und
- beim Ausatmen es sich in Deiner Herzmitte stabilisiert.

Einatmen - mit dem Bewusstsein in die Herzmitte;
Ausatmen - sich in der Herzmitte niederlassen;
Einatmen - Herzmitte;
Ausatmen - niederlassen, verankern;
Einatmen....
Ausatmen...

In Deinem eigenen Atemrhythmus, nicht zu schnell, einfach so, dass es Dir wohl dabei ist.

Einatmen...
Ausatmen...
Und jedes Mal kommst Du der Herzmitte näher.

Das Herzzentrum, die Herzmitte befindet sich beim Brustbein und auf der Höhe, wo bei den Kindern noch die Brustwarzen sind.

Ganz ruhig einatmen, mit Deiner Vorstellung fliesst alles, was Du im Kopf hast, in Deine Herzmitte.
Ruhig Ausatmen mit dem Gefühl, da kann ich mich niederlassen, da kann ich sein, da ist Ruhe und Klarheit.

So oft werde ich gefragt:
Wie merke ich, dass ich wirklich im Herzzentrum bin?
Meine Antwort: (Sorry, aber es ist wirklich so.)
Wenn Du einmal in Deiner Herzmitte warst, wirst Du nicht mehr fragen.
Genau in die Herzmitte zu kommen, ist für mich immer noch ein göttliches Geschenk. Dieses genau in der Herzmitte Sein, genau diesen einen Punkt zu finden, gelingt uns nicht jeden Tag. Aber in die Nähe der Herzmitte, fast in den Vorhof dieses Zentrums kommst Du mit etwas Üben recht schnell

und schon dort kannst Du diese Ruhe und diesen inneren Frieden erspüren und erkennen.

Erwarte nichts, denn Erwartung ist Verkrampfung und verkrampft kommst Du kaum in den Vorhof dieses Zentrums.

Herzmitte: Dein ruhender Pol, Deine ‚Mitte', Dein wirklicher Daseinszustand, Ruhe und Frieden, Zufriedenheit und Lebensfreude, und, und, und … Ja, die Liste der angenehmen Zustände liesse sich noch lange fortsetzen.

Beim Einatmen befindet sich Dein Bewusstsein in der Herzmitte, hier ist sein Platz. Der Atemstrom geht jedoch weiter. Der bleibt nicht in der Herzmitte stehen, der natürliche Atem geht bis in die Lungenspitzen und Deine Bauchdecke hebt sich sanft dabei.

Einatmen. Der Atemstrom nimmt das Bewusstsein mit bis zur Herzmitte. Dein Denken ist nun nicht mehr im Kopf. Die Atemluft fliesst weiter bis in den Unterbauch und sanft und langsam steigt die verbrauchte Atemluft wieder nach oben, zurück zur Nase und dort ruhig hinaus. Du spürst, wie sich Deine Schulterpartie, Dein Brustbereich und schlussendlich Dein ganzer Körper entspannt.

Arbeite aus der Herzmitte und Du kannst Dich viel besser konzentrieren. Beim Autofahren aus der Herzmitte hast Du viel weniger bis gar keinen Stress und eine absolut sichere Fahrweise.

Streiten aus der Herzmitte und es gibt ein aufbauendes, kreatives 'Streitgespräch', das heisst, ohne „mit scharfem Geschütz" auf den anderen loszugehen und den anderen möglichst bleibend zu verletzen. Aus der Herzmitte zu streiten heisst nicht zu allem Ja und Amen zu sagen. Das In-der-Herzmitte-Dasein gibt Selbstvertrauen und Selbstbewusstsein. Du weißt genau, was Du willst und kannst es den anderen auch mitteilen..

In jeder möglichen und unmöglichen Situation empfehle ich Dir, in die Herzmitte, ins Herzzentrum zu gehen und die Welt sieht so viel schöner aus.

Freundlichkeit, Geduld und Verständnis sind nicht mehr andressierte Verhaltensmuster.

Du wirst sehr bald merken, dass dies der natürlichste Seinszustand ist.

Schon ganz am Anfang, wenn Du gar noch nicht viel Übung hast, wirst Du merken, wie wertvoll dieser Zustand für Dich ist.

Es braucht keinen Aufwand oder irgendwelche Hilfsmittel, auch Deine wertvolle Zeit wird Dir nicht ‚gestohlen', denn atmen tun wir ja so oder so. Nur am Anfang braucht das Üben seine Zeit und nachher das Daran-Denken.

Die erste Rothoring-Übung

Setz Dich irgendwo in Ruhe gemütlich hin. Nicht unbedingt halb liegend auf dem Sofa, für den Anfang ist eine aufrechte Haltung praktischer. Überlege Dir, was für eine Kleinigkeit Dich immer wieder ärgert. Zum Beispiel Schlüssel oder Brille zu verlegen. Sich immer an der falschen Warteschlange anzustellen. Prinzipiell zu spät aufzustehen und dann nicht mehr in Ruhe frühstücken zu können. Aber auch Verhaltensmuster wie Schüchternheit, zu schnell etwas zu sagen, unkonzentriert zu sein, sich hinter zu viel Arbeit zu verstecken etc., eignen sich für den Anfang.
Such Dir Dein eigenes kleines Problem.
Suchtbearbeitung, Rauchen, etwas zu viel Trinken, PC-Spiele, Fernsehsucht, Workaholism und noch so viele kleinere und grössere Süchte, bitte warte noch etwas damit, die sind für den Anfang zu gross und ich werde in einem späteren Kapitel ausführlich darauf eingehen.

Auch Mentalmedizin, das heisst das Bearbeiten von Krankheit und Leiden ist im Moment noch nicht dran. Kommt später.

Also nun mal los.
Du sitzt bequem, Telefon und Hausglocke, Kinder und Haustiere können Dich nicht stören. Schalte doch auch kurz Dein Handy und sämtliche Musikquellen aus. Nur für ein paar Minuten. Normaler Strassenlärm soll Dich nicht stören, auch wenn draußen Kinder spielen oder Hunde kläffen, lass Dich nicht aus der Ruhe bringen. Sollte Dich irgendetwas aus Deiner Konzentration herausholen: Nur halb so schlimm, fang einfach noch einmal von vorne an.

- Du hast Dein Problem(-chen) gefunden.
- Atme in Deine Herzmitte und lass Dich so richtig gemütlich in Deinem Herzzentrum nieder.
- Stell Dir vor, vor Dir steht ein Tisch. Auf dem Tisch liegt eine Klammer, eine Zange oder eine Pinzette. Neben den "Greifutensilien" steht eine Kiste, eine Schachtel, eine Schatulle oder so irgendetwas. Wichtig ist, dass es einen Deckel hat und der ist vorerst geschlossen. Neben dem Tisch ist eine feuerfeste Schale, ein Holzofen oder ein Cheminée, in dem ein Feuer brennt.

Wenn Du all die Dinge sehen kannst: gut. Kannst Du sie nicht sehen, nicht schlimm, stell sie Dir einfach vor. Niemand muss hellsichtig sein, um Rothoring zu praktizieren und sich etwas vorzustellen, das kann jedermann/jedefrau. Wie die Dinge aussehen, ist Deine persönliche Angelegenheit. Später kannst Du sie auch problemlos ändern, aber halte Dich am Anfang an diese Bilder.

- Noch einmal kurz Herzmitte atmen.
- Stell Dir nun vor, Du nimmst mit der einen feinstofflichen Hand eines der bereitgelegten Greifutensilien auf.
- Mit der anderen feinstofflichen Hand hebst Du Deine Schädeldecke wie einen Hut hoch.
- Nun greifst Du mit Deinem Instrument in Deinen Kopf hinein und nimmst das, was Du loshaben möchtest aus Deinem Hirn heraus und wirfst es ins Feuer.
- Nun öffnest Du Deine Kiste, holst heraus, was drin ist, setzt es in Dein Hirn ein und schliesst Deine Kiste und Deinen Kopf.
- Tief Atem holen und wieder da sein.

Jetzt hagelt es Fragen.
Du musst mir nicht mailen oder mich anrufen, ich kenne die Fragen zur Genüge aus meinen Kursen.
Bekommst Du jedoch bis zum Ende dieses Buches auf Deine Frage keine Antwort, so darfst Du mir mailen. Bitte fasse Dich dann kurz und habe anschließend etwas Geduld. Nicht immer habe ich Zeit, um sofort antworten zu können.

Meine Emailadresse r.klaka@gmx.net
Bitte keine Werbung schicken, ich habe genug davon.

? Ich weiss nicht, was ich herausnehmen soll. Nimm doch einfach Unentschlossenheit, ‚nicht wissen was Du willst', Unsicherheit, ‚sich nicht entscheiden können', ‚zu viel auf einmal wollen' etc. heraus.

? Also, das feinstoffliche Sehen, ob DU schwarz/weiss, farbig oder gar nicht siehst, das habe ich oben schon erwähnt. Sich alles vorzustellen genügt.

? Feinstofflich, das heisst, Du stellst es Dir vor.

? Die Greifutensilien, die braucht es leider, weil das, was wir aus unserem Kopf herausholen, sehr oft klebrig (wie gekauter Kaugummi oder Kleister) ist und Du es nicht mehr von den Händen wegbekommst. Wenn das Unbekannte an unserem Werkzeug hängen bleibt, werfen wir einfach beides ins Feuer, das Werkzeug und das was daran hängt; wir können uns ja wieder alles neu denken und neu vorstellen. Bei Händen gäbe es doch etliche Schwierigkeiten, sie ins Feuer zu werfen. Was Du jedoch auch verwenden kannst, sind Gummihandschuhe, die lassen sich auch gut entsorgen.

? Was beim Herausholen oft zum Vorschein kommt, sind Sand, Schlamm, Altöl, Brösel oder sonst irgendwelche nicht aussprechbaren Gebilde, die mit einer Pinzette nicht greifbar sind. Es würde ja auch viel zu lange dauern, bis wir jeden Brösel, jedes Sandkorn einzeln aufgenommen hätten. Also stelle Dir einfach einen Industriestaubsauger für Nass und/oder Trocken vor und sauge den ganzen Schlamm, oder was es auch immer ist, ein. Du kannst den ganzen Staubsauger im Feuer entsorgen. In Deiner gedanklichen Vorstellungskraft hast Du so viele Staubsauger am Lager, wie Du brauchst.

? Ja, und was holen wir überhaupt heraus? Du hast Dir Dein Problem vorgestellt, daran gedacht, es Dir gut überlegt und nun ist es als Gedankenform in Deinem Kopf. Das Problem war schon vorher da, aber durch Dein ‚Dich-Darauf-Konzentrieren' hat es sich zu einer Gedankenform zusammengezogen und wird dadurch ‚greifbar'.

Du kreierst Dein Problem nicht erst, wenn Du Dich darauf konzentrierst, durch Dein 'Daran-Denken' jedoch machst Du es nur entsorgungsbereit. Genau diese schon schön gebündelte Gedankenform, die nehmen wir heraus. Vielleicht siehst Du sie als Gegenstand, als geometrisches Gebilde oder weißt einfach, in meinem Kopf ist etwas, das stört und das nehme ich weg. Wenn Du die Gedankenform beim Herausholen siehst, gut; wenn du sie jedoch nicht siehst, macht nichts; stell Dir einfach vor, Du entfernst etwas aus Deinem Kopf.

? Vergiss für den Moment Dein anatomisches Wissen über Klein-, Gross-, oder sonst ein Hirn. Du musst nicht wissen, aus welchem Hirnteil Du etwas entfernst.

Stell Dir vor, Du bist ein Kind und hast für den Moment noch diese Denkweise: ‚Im Kopf denkt es'. Wie und wo überlegt es sich noch nicht. Stell Dir Deinen Kopf wie einen grossen hohlen Raum vor, in dem sich im einige Dinge befinden, die nicht da hinein gehören.

? Das Einsetzen von irgendetwas aus Deiner Kiste ist notwendig, sozusagen als Platzhalter, damit der andere 'Unfug' nicht wieder nachwachsen kann.

? Was in der Kiste ist? Lass Dich überraschen, versuche jedoch nicht, Dir irgendwelche schöne, heilige oder spirituell hochstehende Gegenstände vorzustellen. Manches Mal braucht es auch ganz gewöhnliche, zum Teil sogar absurde Gegenstände.

? Beliebt als Problembilder sind sehr grosse Beton- oder Metallklötze, Haufen mit Schutt, oder gar ganze Misthaufen, die herausgenommen werden sollten. Da reicht natürlich eine kleine Pinzette nicht. Macht nichts, nimm einen Kran und der soll den grossen Gegenstand direkt auf einen Lastwagen laden, der zur Sondermüllverbrennung fährt.

Kommt nun aus Deiner Kiste als Ersatz zum Beispiel nur eine kleine Perle oder gar ein unscheinbares

Blümchen, ist das absolut in Ordnung. In Deinem Kopf spielen Grössenunterschiede keine Rolle.

? Gefällt Dir etwas nicht, das aus Deiner Schatulle kommt, wirf es ins Feuer und öffne die Kiste erneut. Wenn dreimal dasselbe herauskommt, auch wenn es Dir nicht gefällt, setz es trotzdem ein.

? Ist in der Kiste nichts? Schau gut nach, vielleicht ist Licht, Ruhe, Harmonie, ein Ton, eine Farbe oder sonst etwas Unsichtbares drin. Auch solche unsichtbaren Dinge können eingesetzt werden.

? Ist wirklich nichts in Deiner Kiste:

Beginne mit Deinem Rothoring noch einmal von vorne. Du nimmst Dir dieses Mal nicht Dein gewähltes Problem heraus, sondern Du entfernst die Urform des (als Gedankenform)

- Sich nicht erlauben, etwas anzunehmen.
- Sich nichts zulassen. (Nicht *zulassen*, im Sinne von etwas geschlossen halten.)
- Auch Deine Angst vor Neuem könnte der Grund sein, warum in Deiner Kiste nichts ist.
- Du bist es Dir nicht wert, etwas zu bekommen, anzunehmen.

Es gibt sicher noch mehr Gründe, warum Du Dir nicht erlaubst, ein Geschenk aus Deiner Kiste zu nehmen.

??? **Die Riesenfrage! Und das soll wirken?**

Wenn Du an der Wirksamkeit zweifelst, wird ganz sicher nichts geschehen. Zweifel zerstört alles.

(Versuch doch mit Rothoring Deine Zweifel zu entsorgen!) Was Du jedoch darfst und sollst: sehr kritisch sein! Beobachte Dich vor und nach dem Rothoring, kannst Du Veränderungen feststellen? Sei ehrlich mit Dir, denn Du willst etwas verändern, Du hast Dich lieb und löst Deine negativen Gedankengänge einfach auf.

? Verändert sich nichts: versuche es noch einmal. Wieder kein Erfolg, formuliere den Satz, die Worte, wie Du Dein Problem beschreibst, anders. Wir nehmen immer das Negative heraus, also benenne Dein Problem auch in negativer Form. Zum Beispiel: KEIN Selbstvertrauen haben, ‚nichts Neues annehmen wollen', Zweifel, ‚Altes nicht loslassen wollen' etc.

Das, was Du soeben geübt hast, ist das einfache Kopfrothoring. Eines der Grundprinzipien von dem ganzen System. Wenn es sich auch sehr einfach anhört, unterschätze seine Wirkung nicht. Umso öfter Du diese Übung ausprobierst und übst, desto wirkungsvoller wird sie. Nach einigem Üben erreichst Du auch die Idealgeschwindigkeit:

Die grösste Konzentrationsfähigkeit hast Du in der kurzen Spanne des Atemanhaltens.

Das heisst, Du atmest ganz ruhig ein. In dem Moment, in dem Deine Lunge angenehm mit Luft gefüllt ist, hältst Du Deinen Atem einfach an. Bitte Lunge nicht überfüllen, denn wenn Du zu viel Luft in Dir hast, wird es ungemütlich und Du musst sehr

schnell wieder ausatmen. Also gemütlich einatmen, Atem anhalten, Rothoring praktizieren und ruhig ausatmen. Schnappst Du nachher nach Luft, hast Du entweder zu viel Luft geholt oder Dich zu sehr beim Atemanhalten angestrengt.
Versuche es noch einmal
- Herzmitte
- Einatmen
- Atem anhalten
- Das Etwas herausnehmen und verbrennen
- Aus der Kiste etwas Neues einsetzen
- Deckel und Schädel schliessen
- Ausatmen

Das Luftanhalten sollte wirklich ganz entspannt sein. Reicht Dir die Zeit während des Luftanhaltens nicht für die ganze 'Arbeit', atme ruhig aus, nun wieder einatmen, Luft anhalten und weiter machen. Die grösste Konzentration und somit die intensivste Wirksamkeit ist in der Phase des Luftanhaltens. Aber lass Dir am Anfang so viel Zeit, wie Du brauchst.

Bei diesem schnellen Arbeiten ist es fast nicht möglich zu sehen, was wir aus unserem Kopf herausnehmen und was in der Kiste für uns bereitliegt.

Es gibt zwei Arten zu arbeiten, die eine gemütlich langsam, die andere in Sekundenschnelle. Beide sind gut, es kommt immer darauf an, wie viel Zeit Dir zur Verfügung steht. Übe beide, denn du wirst sehen, dass das schnelle Rothoring oft sehr nützlich ist.

Wie bei allem:

Übung macht den Meister

Zweiter Schritt

Die zweite Übung ist genau gleich wie die Grundübung mit dem kleinen Unterschied, dass wir nicht nur die Gedankenform unseres Problems herausholen, sondern die Ursache des Problems in einem zweiten Gang fischen.

Das heisst, beginne wie oben beschrieben. Sich alles vorstellen, Schädeldecke öffnen, Problem herausholen, ins Feuer damit und nun –

Zweiter Schritt:

Die Ursache, als Begriff, als Form herausholen, ins Feuer werfen, aus der Kiste für Ersatz sorgen und Schädeldecke schliessen.

Wir müssen die Ursache nicht kennen, wir nehmen die Ursache einfach als Begriff, als Gedankenform heraus. Du machst auf und sagst Dir, ich nehme die Ursache des Problems aus meinem Kopf heraus und nun erfasst Du in Deinem Kopfraum das, was da drin ist.

Wichtig zu wissen!

Manches Mal kommen beim Ursache-Entsorgen Dinge heraus, bei denen wir zögern, sie ins Feuer zu werfen. Zum Beispiel können es Tiere oder sogar Menschengebilde sein, vielleicht erscheint sogar ein Bild von Mama oder Papa als Ursache. Bitte wirf diese Bilder ins Feuer, denn diese Bilder, die sich in Deinem Kopf tummeln, sind wie uralte, halbvergammelte, stinkende Fotografien. Wenn sie verbrennen, spüren diese Tiere oder Menschen absolut nichts davon. Wenn Du eine Modezeitschrift angeschaut hast und sie nicht mehr brauchst, wirfst Du sie zum Altpapier oder zum Müll. Was dann damit geschieht, kannst Du Dir vorstellen, sie werden verbrannt, zerstückelt, durch Maschinen neu bearbeitet, aber glaube mir, die Fotomodelle spüren nichts davon, was mit ihren Bildern geschieht. Genau so ist es mit den Lebewesen, die als Bilder in Deinem Kopf spuken und Dich zu unlogischem Tun veranlassen. Diese Phantombilder nützen niemandem, sind nur unnötiger Ballast, der bei Dir „Störsender" spielt und es lohnt sich, sie zu zerstören.

Ein kleines Beispiel.
Zu zweit setzten wir uns auf eine niedrige Steinmauer, da in reichbarer Nähe keine freie Sitzbank vorhanden war. Plötzlich springt meine

Freundin ganz erschrocken auf: "Papa hat doch immer gesagt, wer auf kaltem Stein sitzt, bekommt Blasenentzündung." Am nächsten Tag lag das brave, (65-jährige) alte Mädchen mit Blasenentzündung im Bett. Ihr Unterbewusstsein hat schön brav befolgt, was Papa gesagt hat.
Ein echter Fall für Rothoring.
Es kann durchaus sein, dass sich beim Bearbeiten dieser unbewussten Programmierung die Figur, ein Foto oder die Form von Papa zeigt. Bei noch so viel Liebe zu diesem Menschen, so dumme Programmierungen müssen wir wirklich nicht ein Leben lang mitschleppen. Aber genau in dem Moment, in dem die Programmierung stattfand, hat das Unterbewusstsein ein "Foto" geschossen, das nun in unserem Unterbewusstsein gelagert wird. Die Auswirkung dieser Programmierung wird aktiv, in dem ein Teil der damaligen Situation wieder stattfindet. Das dazugehörige „Foto" wird wieder ausgegraben und unser Tun richtet sich nach der alten, nicht mehr sinnvollen Information. Mit Rothoring können wir dieser Programmierung, diesem unerwünschten, automatischen Tun, dieser Gedankenform zu Leibe rücken.
Auslöser, dass diese unbewussten Programmierungen wieder aktiv werden, könnten ein Geruch, ein spezielles Licht, eine Situation, ein Wort, eine Farbkombination, eine Musik oder Töne sein. Bewusste und unbewusste Erinnerungen

werden wach und wollen wieder durchlebt werden. Verbrennen wir nun dieses Bild, dieses „Foto" mit seiner Information, ist auch die Programmierung gelöscht. Wenn dieses Ereignis ein Schlüsselerlebnis war (beim Beispiel oben ein überängstlicher Vater oder ein Vater der Angst vor Krankheit hat etc.), dann kann sich bei dem einen Rothoring eine ganze Kette von Programmierungen auflösen.

? Die immer wiederkehrende Frage ...Und wenn ich die Ursache nicht kenne?

Nimm einfach den Begriff, ich sag jetzt mal, einfach das Wort „Ursache" aus Deinem Kopf heraus. Der Begriff 'Ursache', das Wort ‚Ursache' ist wirklich mit der Ursache des Problems verbunden, auch wenn Du diese Verbindung nicht wahrnimmst.

Wenn Du die Ursache weißt, dann nimm diese heraus. Aber es ist nicht sinnvoll in alte Wunden zu stechen. Suche nicht krampfhaft nach der Ursache, nimm einfach das Wort 'Ursache' heraus.

Wenn Du willst, kannst Du Dir das Problem auch als Pflanze, die in Deinem Kopf wächst, vorstellen. Als Ursache ziehst Du einfach die Wurzel der Problem-Pflanze heraus.

Verwendest Du Deine eigenen Bilder, musst Du auch da die bekannte oder unbekannte Ursache entfernen.

Als Abschluss setzt Du dann wieder einen Gegenstand, ein Etwas aus Deiner Kiste in Deinen

Kopf ein. Alles schliessen, einmal tief einatmen und wieder hellwach da sein.

Das Grundprinzip von Rothoring ist:
- *Störendes herausholen.*
- *Störendes vernichten*
- *Ersetzen durch etwas (Platzhalter)*

Versuche zu spüren, ob Du beim Herausnehmen des Störenden, des Problems, der Fehlprogrammierung etwas bemerkst. Vielleicht ein kleines Kribbeln, ein Rumoren oder eine Art Bewegung im Kopf.
Auch beim Einsetzen des 'Etwas', des Platzhalters ist es möglich, Bewegung oder dergleichen zu fühlen. Es funktioniert auch ohne diese Symptome, ohne dieses Fühlen oder Spüren.

? Bei den ersten Gehversuchen von Rothoring kann es zu leichten Kopfschmerzen kommen. Das kommt davon, dass, wenn Du Dich zu sehr anstrengst, es zu gut machen willst, Du Dich unter Erfolgszwang setzt und Dich deshalb verkrampfst. Ruh Dich etwas aus, entspanne Dich und versuche beim nächsten Mal viel spielerischer damit umzugehen.
In der Bibel steht irgendwo:
Kehret um und werdet wie die Kinder.

Das heisst nicht, dass wir kindisch werden und schon gar nicht uns auf jung trimmen sollten.

Kindisches Verhalten bei Erwachsenen wirkt immer ein bisschen dümmlich.
Bei kleineren Kindern, für die gibt es kein ‚Unmöglich'. Sie probieren alles aus und wenn es nicht geht, wird ein neuer Versuch gestartet.

Ein kleines Beispiel:
Auf einer Wiese konnte ich einmal ein kleines Kind beobachten. Es saß neben seinem Kinderwagen im Gras. Nun zog es sich am Wagen hoch und machte einen kleinen Schritt mit seinem linken Fuss, wackelte noch ein wenig und versuchte das Gleichgewicht wieder zu gewinnen. So jetzt stand es wieder stabil auf dem Boden. Zweiter Versuch, zweiter Schritt. Das stärkere Bein kam wieder dran, nur leider war das stärkere Beinchen wieder das Linke. Nach diesem neuen Schritt waren die Beinchen so weit voneinander entfernt, dass der Kleine sein Gleichgewicht verlor und ins Gras kugelte. Sofort ein neuer Versuch. Am Wagen hochziehen, erster Schritt, zweiter Schritt ... schon wieder mit dem stärkeren Bein. Bums - Aufstehen, linkes Bein - noch einmal linkes Beinchen - Bums. Immer wieder ein neuer Versuch bis endlich im Köpfchen der Impuls gegeben wurde: Linkes Bein, rechtes Bein ... und nun musste Mama rennen um den Kleinen einzuholen.
So viel Geduld, so viele Versuche und ich bin sicher, in dem kleinen Hirn wurde für immer gespeichert:

erstes Bein für den ersten Schritt und nun das andere Bein für den nächsten Schritt.
Kompliment an die Mutter, dass sie nicht eingegriffen hat. Sie hat damit ihrem Kind einen wertvollen Dienst geleistet. Der Kleine wird sein Leben lang wissen: Ganz gleich wie oft ich etwas versuchen muss, der Erfolg ist mir sicher!
Hab Geduld, starte einige Versuche, wenn's nicht sofort funktioniert. **Der Erfolg ist Dir sicher.**

Problembeispiel 1:
Nach einigen Übungen kannst Du Dein Problem (Problem 1), die Ursache von dem Problem 1, Folgeprobleme von Problem 1 und die Ursache vom Folgeproblem 1 entfernen. In Deinen Kopf setzt Du jedoch nur einen Gegenstand ein.

Problembeispiel 2:
Du kannst Problem 2, die Ursache von Problem 2, und die Ursache von der Ursache von Problem 2 bearbeiten. Selbstverständlich können solche Marathonsitzungen nicht in einem Atemzug erledigt werden. Atme zwischendurch aus und wieder ein. In der Atemanhaltepause arbeitest Du weiter.

Problembeispiel 3:
Wird Dir bewusst, dass Du die gleichen Verhaltensmuster wie Dein Vater oder Deine Mutter hast, dann entferne zuerst das Verhalten und dann das Vorbild dieser betreffenden Person.

Dies ist sehr empfehlenswert vor dem Heiraten. Als kleines Kind nehmen wir von unserer Mutter auf, wie eine verheiratete Frau sich zu verhalten hat. Dieses Vorbild setzt sich in unserem Unterbewusstsein fest. Dann natürlich auch die Frau als Mutter, das heisst, wie sich eine Mutter zu verhalten hat. Mit den Vätern, Omis und Opas ist es natürlich genau dasselbe. Wenn wir auf dem Standesamt nun unsere Unterschrift geben, rattert sofort die ‚Verheiratet-Programmierung' in unserem Unterbewusstsein ab und wir übernehmen mehr oder weniger das Verhalten unserer Eltern. Da kann man sich schon fragen: Wo ist dann unser freier Wille, unsere Selbständigkeit und unser Selbstsein? Wirklich ein Fall für Rothoring. Nach Auflösen dieser Vorbilder bist Du nicht mehr eine Kopie Deiner Eltern, nicht geprägt von Deiner Verwandtschaft und Deinen Lehrern, sondern Du wirst eine eigenständige, selbstbewusste Persönlichkeit.
Dieses Kopieren kann natürlich nicht nur vor der Hochzeit entsorgt werden. Schon lange im Voraus oder auch nach vielen Jahre Ehe ist es noch sinnvoll.

Ein Beispiel:
Ein jungverliebtes Paar wollte heiraten. Bisher war alles wunderschön, man war sich einig oder fand sehr bald eine Lösung, einen für beide stimmigen Kompromiss. Kaum war jedoch die Zeremonie mit der Unterschriftssetzung auf dem Standesamt

vorbei, ändert sich das Verhalten des jungen Mannes schlagartig. Er wurde richtiggehend streitsüchtig. Beim Ursachesuchen stellte sich heraus, dass seine Eltern fast täglich gestritten hatten und ihm, als bravem Sohn, dieses Verhaltensmuster ‚vererbten'. Die Unterschrift auf dem Standesamt löste bei ihm die Programmierung ‚Ehe heisst streiten' aus. Bewusst konnte er sich dagegen nicht wehren. Rothoring mit dem Vorbild seiner Eltern befreite ihn von dieser Zwangshandlung.

Problembeispiel 4:
Bei Problem 4 geht es um Beziehung zu einem anderen Menschen. Zuerst darfst Du wirklich nur mit Dir selber arbeiten. Wenn du mit deinem Partner oft streitest, nimm zuerst Deine Streitsucht weg. (oder Vorbild Eltern wie in Beispiel 3)
Dein Arbeitskollege/Arbeitskollegin hat immer ein Riesenchaos, bearbeite zunächst Dein inneres, eigenes Chaos. Bearbeite immer zuerst bei Dir, was Dich am anderen stört. Nachher kannst Du mit Gruppenrothoring an die unangenehme Situation herangehen. Mit der Arbeit an Dir verschwinden sehr oft viele bis alle Probleme mit den anderen Menschen.

Warum?

So viel Unbewusstes tummelt sich in uns. All dies Unbewusste ist wie farbige Glasscheibchen. Deine Ausstrahlung wird durch diese Farbfensterchen gefärbt und Dein Nebenan reagiert auf diese Farben.
Alles was wir aussenden, nimmt unser Mitmensch auf und verhält sich dementsprechend. Wir kennen uns viel zu wenig. Vor allem unser Unterbewusstsein sendet Schwingungen aus, die uns gar nicht bewusst sind. Darum heisst es ja auch ‚Unterbewusstsein', also unter dem Bewusstsein, unter der Erkennensgrenze.

Bei der Arbeit mit Rothoring verändern sich die Farben und somit wird Deine Ausstrahlung vom anderen auch anders aufgenommen. Darum ist es wichtig, dass Du zuerst mit Dir arbeitest, Deinen Teil wegräumst und nicht immer das arme Opfer spielen möchtest.

Bitte arbeite zuerst mit Dir und erst wenn Du schon ein bisschen Erfahrung hast, kannst Du andere Menschen in Deine Arbeit mit Gruppenrothoring einbeziehen.

Um mit Menschen, die nicht direkt mit Dir in Beziehung stehen zu arbeiten, glaub mir, dazu ist dieses Buch nicht umfangreich genug. Interessierst Du Dich für eine Ausbildung als Rothoringlehrer, nimm bitte Kontakt mit mir auf. In diesen Kursen wird Selbsterkenntnis und Arbeit mit anderen die Grundlage sein.

Reinigung der Chakras

Unsere Energiezentren wurden durch nicht sinnvollen Gebrauch langsam zu Abfallhalden. Kannst Du Dir vorstellen, dass Du Deine Zähne nie putzt und Deinen Mund nie ausspülst? Nur schon der Gedanke daran schüttelt uns. Leider ist das mit den Chakras doch sehr ähnlich: Sie werden immer gebraucht, doch selten bis nie gereinigt. All die negativen Gefühle, wie zum Beispiel Wut, Eifersucht, Neid und was es da noch mehr gibt, verschmutzen unsere Energiezentren. Das Resultat, zu wenig Lebensenergie erreicht unsere Wirbelsäule. Falsche Lebensweise, Genuss- und Suchtmittel tun noch das Übrige und wir sind müde, krank, vielleicht sogar depressiv. Was Fernseher und PC in uns an Abfall liegen lassen, ist uns kaum bewusst. Werbung, Musik (zum Glück nicht alle), Zeitungen, Nachrichten und noch vieles mehr hinterlassen in uns Schmutzspuren.
Deine Wohnung putzt Du sicher, Deine Zähne auch, putz doch auch einmal Deine Energiezentren

und Du wirst freudig überrascht sein, wie viel besser Du Dich nachher fühlst.

Chakrareinigung

- Für diese Übung brauchst Du Ruhe und einige Minuten Zeit.
- Deine Rothoring-Utensilien sind durch den vielen Gebrauch schon recht präsent geworden und Du hast sie schon sehr schnell bereitgestellt.
- Dieses Mal liegen auf dem Tisch noch ein Kratzeisen und ein Handbesen dabei.
- Du konzentrierst Dich nun auf ein Chakra.
- Nun stellst Du Dir vor, Du öffnest beim Chakra eine Türe oder ein Türchen, nimmst den Kratzer oder den Besen zur Hand und fegst den Chakraraum sauber aus.
- Wirf all den Abfall ins Feuer.
- Schliesse das Türchen wieder.
- Nun nimmst Du Deine Pinzette, öffnest Deine Schädeldecke
- und nimmst die Gedanken, die dieses Chakra verschmutzt haben und/oder weiterhin verschmutzen, heraus.
- Ins Feuer mit der Gedankenform

- Nimm aus Deiner Kiste etwas heraus, setz es in Deinen Kopf ein und schliesse Deinen Schädel wieder.

Das war's schon. Nimm ein Chakra nach dem anderen dran. Öffnen, reinigen, schliessen, Kopfrothoring. Bei jedem Chakra wird am Schluss mit dem Kopf gearbeitet. Mit welchem Energiezentrum Du anfängst, spielt keine Rolle. Du kannst pro Sitzung ein, zwei oder mehr Chakras bearbeiten. Um alle sieben in einem Arbeitsgang zu reinigen, wird Deine Konzentrationsfähigkeit kaum ausreichen, verboten ist es jedoch nicht. Aber auch hier ist - wie so oft - weniger mehr.

Wir haben 7 Hauptchakras, wenn Du jeden Tag eines dran nimmst, bist Du in einer Woche auch durch.

„Profis" können natürlich auch Nebenchakras bearbeiten und reinigen.

Am Schluss des Buches werde ich noch erklären, was ‚Wassermannchakras' sind und wofür sie gebraucht werden. Diese Nebenchakras, die mit der neuen Schwingung zu Hauptchakras werden, sollten auch gereinigt werden. Durch den langen Wenig- oder Nichtgebrauch hat sich recht viel Staub und Schmutz in ihnen angesammelt.

Das Reinigen der Energiezentren hilft Dir, vermehrt klare, saubere Lebensenergie aufzunehmen. Vermehrte Lebensenergie und Lebenskraft können wir in dieser hektischen, turbulenten Zeit des Energiewechsels und der Veränderung alle gebrauchen.

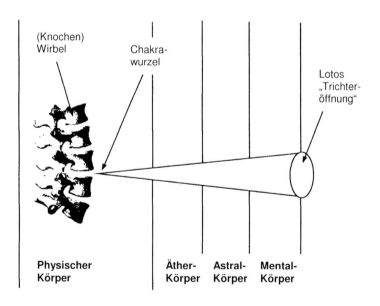

Mentalmedizin

Ich glaube, es muss nicht extra betont werden, dass grössere physische Symptome und Krankheiten in die Hände eines erfahrenen Arztes gehören. Mit entsprechender Übung kannst Du Dich doch schon auch einmal an etwas Grösseres als nur Insektenstiche, blaue Flecken, Kopfschmerzen Husten oder Schnupfen wagen.
Aber bitte, noch viel mehr als bei Kopfrothoring und den Chakraübungen:

**Alles, was in diesem Buch steht, ist ausschliesslich für Dich
und die Arbeit mit Dir selber bestimmt.**

Ein Wunderheiler kannst Du mit dieser Technik nicht werden!

Mentalmedizin oder Gedankenmedizin bearbeitet Probleme mit Gedanken. Die Arbeit ist ähnlich wie

Kopfrothoring und Chakrareinigung. Lies bitte diese Anleitungen noch einmal durch.

Anleitung zur Mentalmedizin

- Herzmitte;
- Sich Rothoring-Utensilien vorstellen (Tisch, Pinzette, Kiste, Feuer);
- An der schmerzenden Stelle ein feinstoffliches Türchen öffnen;
- Schmerzen, Problem und Ursache an der gewünschten Stelle herausnehmen, ins Feuer werfen;
- Türe schliessen;
- Beim Solarplexus (beim Magen) Türchen öffnen;
- Die Gefühle zu dem Schmerz, zu dem Problem herausnehmen, ins Feuer damit;
- Solarplexus-Türe schliessen;
- Kopfrothoring: die Gedanken, die zu diesem Unwohlsein, diesem Schmerz geführt hatten, entfernen, ins Feuer damit;
- Die Ursache des Krank- oder Unwohlseins mit Kopfrothoring entfernen; ins Feuer damit;
- Etwas aus der Kiste in den Kopf einsetzen;
- Alle geöffneten Türen, Kiste und Schädel schliessen.

Ganz wichtig ist bei dieser Arbeit das Entfernen der Ursache oder der Ursachen. Ausserdem sollten im Solarplexus (beim Magen) die zur Krankheit führenden Gefühle herausgenommen und entsorgt werden. Zum Schluss die Gedanken, die zur Krankheit führten, sowie die Ursache dieser Gedanken löschen. Nur für den Kopf wird etwas aus der Kiste genommen und dort als Platzhalter eingesetzt.

Diese Übung kann Reaktionen zeitigen. Hast Du zu viel Unangenehmes geschluckt, kann sich Dein Magen melden. Ganz, ganz selten kann es sogar bis zu Übelkeit und Erbrechen kommen. So unangenehm dies auch ist, freu Dich drüber, denn das zeigt Dir, dass sich durch diese Übung wirklich ein ganzer Haufen ‚Ursache' verabschiedet hat und Deiner Genesung nichts mehr im Wege steht.

Vorteilhaft ist es auch, wenn Du mit Rothoring oder Hieven (kommt später) Dein Krankheitsvorbild, das heisst, das Bild von dem Menschen, der Dir als Vorbild gedient hat, entfernst. Krankheit vererbt sich oft durch Gedanken, richtige Erbkrankheit ist seltener. Wie oft wurde uns gesagt, diese Krankheit oder dieses Leiden liegt in der Familie. Dann folgt eine Aufzählung, welche entferntesten Tanten und Onkel auch darunter gelitten hatten. Nein, nein, so brav sind wir nun doch nicht, dass wir diese unsinnige Familientradition weiterführen

wollen. Schluss damit. Vorbild ‚Krankheit' schleppen wir sicher nicht auch noch mit.
Ein Fall für Rothoring.

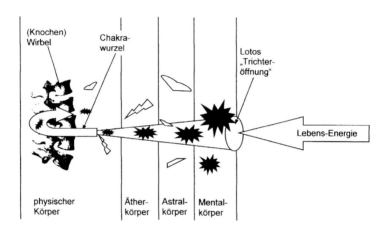

Wir müssen verstehen, was die grösste Krankheitsursache ist:
Lebensenergie wird durch unsere Chakras in unsere Wirbelsäule weitergeleitet. Von da aus wird sie in die Organe weiterverteilt.

Die Energie kommt von aussen in unseren Körper. Auf ihrem Weg fliesst sie zuerst durch den Mentalkörper. (Gedankenkörper) Anschliessend wird sie durch den Astralkörper, den Gefühlskörper geleitet, nun noch durch den ätherischen Körper (Bedürfnisse und Triebe), bevor sie bei unserem physischen Körper anlangt. Auf dem Weg nach innen reichert sich die Energie mit Gedankengut, mit Gefühlen, mit Bedürfnissen und Trieben an. Gedanken, Gefühle und auch Triebe können uns bewusst sein, jedoch auch hier spielt das Unbewusste die Hauptrolle.

Die unbewusste Programmierung (unser Beispiel von S. 43 Blasenentzündung) war im Gedanken- und Gefühlskörper gespeichert. Die Situation hat die gespeicherte Programmierung aktiviert und die Lebensenergie, getränkt durch Gedanken und Gefühle, wurde zur ‚Krankheitsenergie', das heisst zur krankmachenden Lebensenergie. Die Energie kann nichts dafür, dass wir Probleme bekommen haben, unsere unbewussten Gedanken und Gefühle sind die Hauptschuldigen.

Werbung für Krankheiten ist leider in letzter Zeit Mode. Sobald Du solche Werbung auf Plakaten, in Zeitungen oder Zeitschriften wahrnimmst, entferne sie so schnell als möglich aus Deinem Gedankengut. Mit Rothoring geht das sehr schnell. Im Vorbeigehen oder auch beim Drüberlesen hat es

Dein Unterbewusstsein schon aufgenommen und in sein Zentrallager integriert. Von dort aus werden die Befehle an die Zellen weitergegeben und die Zellen gehorchen.

Zum Beispiel gab es ein Plakat, ‚Menschen über 50 haben Blasenprobleme'. Kannst Du Dir vorstellen, wie viele Medikamente danach über den Ladentisch gingen? Das Plakat hat seine Herstellungskosten mehr als eingespielt.

Wenn wir beim oben erwähnten Beispiel der Blasenentzündung bleiben, braucht es nicht einmal mehr einen überängstlichen Vater, die Werbung leistet dasselbe.

Wie schon oben erwähnt, gehören grössere Probleme in die Hände von einer Fachperson. Du kannst hier jedoch Selbstverantwortung, das heisst die Verantwortung für Dich selbst übernehmen. Praktisch jede Krankheit beginnt im Kopf und deshalb müssen die Gedanken und die Ursache hauptsächlich im Kopf aufgelöst werden. Unser Hirn gibt allen Zellen die neuesten Neuigkeiten weiter und wenn aus irgendeinem Grund im Kopf beschlossen wurde, ‚jetzt krank!', sind die Zellen an der betreffenden Stelle so folgsam, dass sie Symptome produzieren.

Mentalmedizin unterstützt jede medizinische oder alternativ- medizinische Therapie.

? Im Prinzip könnten alle Krankheiten so bearbeitet werden, wenn ... ja, wenn unser Unterbewusstsein mitspielen würde. Es gibt so viele gescheite und weniger gescheite Gründe, um krank zu sein oder Unfall zu haben. Beispiele gibt es genug. Hier einige Denkanstösse: Sei ehrlich zu Dir und Du wirst den Grund Deines Unwohlseins, Deines Krankseins sehr schnell erkennen.

Uraschen könnten sein:
- Sich als Opfer fühlen (wollen);
- Lust am Leiden (Sag nicht sofort nein, nein);
- Jemanden mit dem Kranksein unter Druck setzen;
- Krankheit als Mittel zum Zweck. Zum Beispiel nicht arbeiten gehen müssen; sich vor einer unangenehmen Arbeit drücken; nicht den Mut haben, ‚nein' zu sagen, wenn von uns etwas verlangt wird;
- Selbstbestrafung oder Bestrafung anderer;
- Tyrannei / Tyrannenkrankheit;
- Langeweile;
- Aufmerksamkeit erzeugen, etwas Besonderes sein wollen;
- Mitleid und Selbstmitleid;
- Zuneigung erzwingen;
- Selbstverantwortung nicht übernehmen;
- und noch vieles mehr.

Klar sagen wir immer: „ich will unbedingt gesund werden", aber wirkliche Gesundung kann erst stattfinden, wenn wir bereit sind, die Ursache oder die Ursachen loszulassen. Mit Medikamenten werden ausschliesslich die Symptome behandelt, jedoch kein noch so gutes Medikament bringt es fertig, die Ursache aufzulösen.

Gesund werden, heisst Selbstverantwortung übernehmen!

Einige Beispiele:

? Wie ist es mit der Leber?

Leberprobleme hängen fast immer mit Wut oder unbearbeitetem Adrenalin zusammen. Ich habe den schönen Staubsauger schon erwähnt. Stell Dir vor, wie Du Deine Leber mit einem Staubsauger reinigst, feinstofflich alle Verschmutzungen heraussaugst und den Staubsauger nachher ins Feuer wirfst. Sonst bleibt sich die Übung gleich. Dieses Tun lohnt sich auch, wenn Du keine Leberbeschwerden hast. Die Leber ist eine Blutreinigungsanlage, wenn sie zu sehr verdreckt ist, kann sie ihre Arbeit nicht mehr richtig erledigen. Das Blut wird nicht mehr gereinigt, kann seine Aufgabe als Transporteur von Nahrung und Sauerstoff nicht mehr erfüllen. Das Resultat: wir fühlen uns müde, unwohl und haben viel zu oft Hungergefühle.

Adrenalin entsteht bei Gefahr oder wenn wir uns erschrecken. Ein sehr sinnvoller Stoff, um zu kämpfen oder zu flüchten, denn er gibt uns für kurze Momente einen enormen Energieschub. Adrenalin wird durch Bewegung und den Gebrauch von Muskeln abgebaut. Beim Autofahren gibt es jedes Mal, sobald die Bremslichter des Vorderautos aufleuchten, einen kleinen Adrenalinschub, der aber durch unsere Bewegungsarmut beim Autofahren nicht abgebaut wird. Das nichtgebrauchte Adrenalin wird in der Leber gelagert, jedoch nicht aufgelöst. Bewegung tut Not. Versuch während dem Fahren Deine Muskeln anzuspannen und wieder zu entspannen, seien das nun Deine Arm-, Bein- oder Rückenmuskeln. Aber sicher nicht wie ein Verrückter aufs Gas treten, das ist keine Muskelarbeit, sondern erzeugt nur noch mehr Adrenalin.

? Blutdruck, zu hoher oder zu niedriger, ist heute fast schon eine Modesache. Entferne bei zu niedrigem Blutdruck alles, was Dich ‚erdrückt'. Setz Dich selber nicht unter Druck und lass Dich nicht unter Druck setzen. Entferne allen Druck und vor allem alle, auch die unbewussten, Ursachen, die zu Deinem Problem führen.

? Zu hoher Blutdruck entsteht hauptsächlich durch Stress.
Da heisst es Stress entsorgen.
(Stress löst immer Adrenalin aus.)

Sicher können auch noch andere Ursachen den Blutdruck in die Höhe schnellen lassen, wenn Du jedoch bewusst Stress entfernst und dazu alle unbekannten Ursachen des Bluthochdrucks, dann sollte er sich doch etwas herunter schrauben und normalisieren lassen.

? Versuche Deinen Blutdruck ohne Medikamente unter Kontrolle zu bringen. Durch Medikamente verlernt der Körper die Selbstregulation und Du wirst ‚abhängig', das heisst Dein Körper wird ‚süchtig'. Medikamente sollst und darfst Du nicht von einem Tag auf den anderen absetzen. Das ist viel zu gefährlich. Je länger Du schon ein Medikament einnimmst, desto langsamer musst Du Dich drausschleichen. (Siehe Kapitel Sucht!)

Nun noch etwas, das sicher viele Ärzte nicht gerne hören. Nimm mit Kopfrothoring alles, was Dir Dein Arzt über Dein Kranksein erzählt hat, aus Deinem Denken, aus Deinem Hirn und Deinem Unterbewusstsein heraus. Ich möchte damit nicht die Mediziner angreifen und doch kann seine ‚Diagnose' Deinen Willen, gesund zu werden, schwächen. Wie oft fällt das Wort ‚unheilbar' oder ‚sie müssen lernen mit diesen Gebresten zu leben'; oder auch ‚ich weiss nicht, was die Ursache ihrer Schmerzen ist, aber wir müssen sofort operieren; da kann nur eine Operation helfen' etc.

Ein wirklich fieses und gemeines Beispiel: Ein Arzt sagt zum Patienten: „Tut mir leid, ihnen sagen zu müssen, dass Sie Krebs haben und Sie wissen ja, Krebs ist tödlich". Ehrlich, einem solchen Arzt sollte die Bewilligung, eine Praxis zu führen, entzogen werden.

Zum Glück gibt es Ärzte und Ärzte, leider arbeiten jedoch noch viele mit Angst- und Druckmethoden. Unsere Arztgläubigkeit und Arztabhängigkeit ist noch zu gross und dies nützen doch einige aus, um mehr Patienten und dadurch vermehrte Einnahmen zu haben. Es empfiehlt sich, diese Schulmedizin-Abhängigkeit mit Kopfrothoring zu entfernen.

? Migräne ist eine sehr beliebte Flucht-, Tyrannen- und ‚Sich-Drücken-Wollen'- Krankheit. Oft hängt sie aber auch mit sehr viel unterdrückter Wut zusammen. Bei Frauen spielt oft Wut wegen sexueller Probleme mit. Sexuelle Probleme sind unbedingt zuerst bei sich selber und mit den damit zusammenhängenden Vorbildern zu bearbeiten. In der Nichtmigränezeit lassen sich diese Probleme besser auflösen, als wenn wir vor Schmerzen kaum denken können. Keine Angst, die Arbeit mit wutbedingter Migräne kann tatsächlich noch einmal einen Anfall auslösen, dann ist es aber wirklich der letzte.

? Zuckerkrankheit ist eine reine Gefühlskrankheit, die sich jedoch in Pankreasproblemen ausdrückt.

Versuche Deine Probleme mit Rothoring so schnell als möglich aufzulösen. Je länger Du diese Krankheit mit Medikamenten angehst, desto süchtiger machst Du Deinen Körper. Durch Hilfsmittel wird er so faul, dass er kein Insulin mehr produziert.

Also schleiche Dich ganz langsam aus dieser ‚Sucht' heraus und bearbeite und reinige hauptsächlich Deinen Solarplexus, Dein Gefühlszentrum. Entferne mit Rothoring all diese unbewussten Programmierungen, die Dir verbieten, Freude am Leben zu haben. Entferne auch die gedanklichen Vorbilder. Zum Beispiel als Frau: das KKK, das heisst, ‚nur Kinder Kirche, Küche soll ihr Denken ausfüllen'. Das ist eine schon lang veraltete Denkweise. Erlaube Dir wieder Lebenslust, Lebensfreude und die Süsse des Lebens zu geniessen. (Nicht in Form von Kuchen und Schokolade!)

? Sicher hättest Du noch ganz viele Fragen über Krankheit und wie Du sie bearbeiten solltest. Übe, so oft Du Zeit und Muse hast. Frage mich erst, wenn Du das ganze Buch gelesen hast und gar nicht weiterkommst.

Das Grundprinzip von Mentalmedizin:

- Herzmitte
- Entferne an der ‚kranken' Stelle: Symptome der Krankheit, Gedankenimpulse, Leiden, Schmerzen, Schwellungen, Ablagerungen,

Deformationen, Einlagerungen, Abweichung des Normalzustandes und die Diagnose;
- Auch die Ursache an der ‚kranken' Stelle entfernen;
- Beim Solarplexus Gefühle zum Kranksein entfernen;
- Kopfrothoring: Gedanken, die zur Krankheit führten und die Ursache dieser Gedanken im Kopf auflösen;
- Platzhalter aus der Kiste in den Kopf einsetzen;
- Alles schliessen

Wenn Du möchtest, kannst Du Dir aus Deiner Kiste auch noch zusätzlich herausnehmen und in Deinen Kopf einsetzen:
- Ich will gesund werden. Ich hab mich lieb.

? Wie Du was bearbeitest, Deiner Fantasie sind keine Grenzen gesetzt und passieren kann höchstens, dass nichts passiert. Mentalmedizin ist nicht gefährlich, Du kannst damit kein Leiden verstärken, solange Du es ausschliesslich für Dich verwendest. Diese Art zu arbeiten unterstützt auch alle Techniken, um gesund zu werden. (Operation, Medikamententherapie, Psychiatrische Betreuung, etc.)
Keine Angst vor Reaktionen, sie sind gut und dauern normalerweise nur 1 – 3 Tage.
? Depressionen sollten in der Phase des Nichtdepressivseins bearbeitet werden. Vorwiegend

müsste Tyrannei sich selber und anderen gegenüber aufgelöst werden. Depression ist eine Denkkrankheit und muss im Kopf bearbeitet werden.

? Bei Hautkrankheiten kann ja nicht gut ein Türchen geöffnet werden, stell Dir einfach vor, Du ziehst die Schicht, die auf der Haut liegt, ab und wirfst sie ins Feuer.

Zur Mentalmedizin gehört auch das Kapitel Sucht. Süchtige werden ja auch oft als Suchtkranke behandelt. Auch kleine Süchtchen könnten deshalb als leichtes Kranksein angesehen werden. Medikamente, länger als eine Woche eingenommen, veranlassen den Körper, süchtig zu werden. Schon die tägliche Einnahme von Vitaminen und Nahrungsmittel-Ergänzungen, den täglichen Gebrauch von Handcreme macht unseren Körper abhängig. Du darfst Deinen Körper nicht so sehr verwöhnen, sonst wird er faul und hat keine Lust mehr, selber all das zu produzieren, was Du nötig hast, um gesund bleiben zu können.
(Vorsicht vor Lebensmitteln mit Vitamin- und Mineralzusätzen.)
Es ist klar, wenn Du mit so kleinen Gewohnheiten, wie mehrfachem Gebrauch von Handcreme aufhörst, dass dann Dein Körper zuerst ‚rebelliert' und Entzugserscheinungen sich bemerkbar machen. Beachte sie nicht, sehr schnell hat sich Deine Haut, Dein Körper wieder ans ‚Arbeiten' gewöhnt.

Sucht auflösen

Es gibt so viele Süchte, bekannte und unbekannte, dass es den Rahmen dieses Buches sprengen würde, wenn ich auf jede einzelne eingehen möchte.
Jede Sucht, ob gross oder klein, sollte nicht auf einmal entsorgt werden. Ich empfehle den Abbau und die Auflösung in etwa 10 Schritten, das heisst bei jedem Arbeitsgang etwa 10% der Sucht abbauen. Bei sofortigem Abbruch könnte es zu heftigen Reaktionen kommen. Natürlich kommt es auf die Stärke der Sucht und des Suchtmittels an. Sind die Reaktionen zu heftig, sage Deinem Körper sehr energisch: „Halt! Stopp! Nicht so viel auf einmal. Entsorge deinen Abfall etwas langsamer! Du hast dafür …… Tage Zeit. (Hier gibst Du die Zahl der Tage an, die Du zur Bearbeitung einsetzen willst.)

Du hast Dir vielleicht eine Woche zur Bearbeitung vorgenommen, hast jedoch in dieser Zeit einen wichtigen Termin. Sage Deinem Körper: „Morgen musst Du hundertprozentig gut funktionieren, du darfst übermorgen mit deiner Arbeit weitermachen." (Wenn es möglich ist, gib Deinem Körper die genaue Zeit, in der er Pause machen muss, durch.)

Funktioniert es nicht, nimm Dir mit Rothoring das „Nicht-Daran-Glauben" heraus. Du, nicht Dein Körper, hat hier das sagen.

In der Bibel steht:

„Mach dir deine Körper untertan!"

Er hat Dir wirklich zu gehorchen. Das Problem ist nur, dass wir uns das selten glauben.

? Jahrelang eingenommene Medikamente sollten in kleinen Schritten von etwa 5% in Abständen von 2 – 4 Wochen entfernt werden.

? Rauchen. Mehr denn je wird Nichtrauchen gefordert. Wir müssen erst verstehen, warum wir rauchen. Die Weichen dazu werden erstmals im Trotzalter gestellt. Wenn ein kleines Kind eine Aggression hat und jemand sagt ihm in dem Moment: „Du bist böse", gibt das schon eine ‚Fehlprogrammierung'.

Das heisst nun wirklich nicht, dass wir den Kindern alles durchgehen lassen sollten, aber versuchen wir doch einmal mit: „Ich hab dich lieb, auch wenn ich jetzt nicht mit dir einverstanden bin und du jetzt einfach gehorchen musst."

Auch negative Gedanken, die wir einem kleinen trotzenden Kind senden, sind genau so realistisch, wie gesprochene Worte.
Der Gedanke: „So ein böses Kind, das müsste bestraft werden", hat verheerende Folgen.
Mach Dir Deine Körper untertan. Das heisst: Lerne Deine Gedanken zu beherrschen. Nicht nur den physischen, auch den Mentalkörper (Gedankenkörper) sollten wir unter Kontrolle haben.
Beim Erwachsenen spukt dann die Programmierung, ‚Aggression gleich Bösesein muss bestraft werden,' im Unterbewusstsein. Der Mensch ist im tiefsten Inneren gut und lieb, deshalb möchte er auch nicht ‚Bösesein'. Leider hat ihn das Leben und seine Umwelt oft zu etwas anderem dressiert. Im Unterbewusstsein ist jedoch immer noch die Programmierung aus der Kinderzeit gespeichert.

Was geschieht bei einer Aggression?
Bei einer Aggression ziehen sich die Adern zusammen, das Blut fliesst schneller und es kommt zu einer Adrenalinausschüttung. Unser Unterbewusstsein meldet sich: Aggression ist böse!
Wir greifen zur Zigarette und nun haben wir die beste Entschuldigung. Beim Rauchen geschieht in unserem Körper genau dasselbe, wie bei einer Aggression, Adern ziehen sich zusammen, das Blut fliesst schneller und es kommt zu einer Adrenalinausschüttung. Unser Unterbewusstsein hat nun eine wunderschöne Ausrede.

Bevor wir unsere Abhängigkeit vom Rauchen bearbeiten, müssen wir unsere Angst, eine Aggression zu haben und deshalb ‚böse' zu sein, entfernen.

Rauchersucht-Bearbeitung:

- Wir öffnen beim Herzzentrum eine Türe und nehmen Selbstbestrafung, ‚nicht lieb sein', ‚sich bestrafen wollen' oder was Dir dazu noch einfällt, heraus;
- Herztür schliessen;
- Solarplexus reinigen;
- Basischakra reinigen;
- Im Kopf nimmst Du Dir, bei einem Zigarettenkonsum von 20 Stück, die 19. und die 20. heraus. Anschliessend nimmst Du Dir (als Wort, als Begriff) 10% Deiner Sucht heraus, nun die Ursache, Deine unterdrückte Aggression, Dein ‚Dich-Böse-Fühlen', wenn Du eine Aggression hast und einfach was Dir dazu noch einfällt;
- Im Kopf einen Platzhalter einsetzen.

Rauchen macht übrigens nicht schlank, und dass wir beim Aufhören zunehmen würden, ist nur ein Hirngespinst, das wir mit Rothoring unbedingt vorher noch herausnehmen sollten.

Adrenalinsucht. Da drunter fallen all die Suchtverhalten, die einen Adrenalinschub auslösen. Das heisst: zu schnelles, risikoreiches Auto-, Motorrad- oder Fahrradfahren. Alle Computer-Spiele, in denen man auf Zeit oder Geschwindigkeit spielt, Aktions-, Kriegs-, Katastrophenfilme und -Spiele. Krimis, ob Film oder Buch, sind auch nicht ganz harmlos. Stress, Angst, Streit, Wut, Aggression, aggressive, laute Musik, Diskos und Fussballmatches sind gewaltige Adrenalinaktivierer.

So, das sind genug Anregungen für den Anfang, und wenn Dir dazu noch andere Beispiele einfallen, umso besser.

Bearbeite ein Problem, eine Sucht oder ein Süchtchen nach dem anderen. Je nach Lust und Laune oder nimm die Sucht, die für Dich am dringendsten ist. Für die Chakrareinigung nimmst Du aus dem Chakra, das für Dich am wichtigsten ist, die Ursache und natürlich alle Suchtabfallhaufen heraus. Zum Beispiel Alkohol, Medikamente, Drogen, Terminkalender oder nimmst einfach das, was in Deinem Chakra herumliegt, heraus, verbrennst und entsorgst es und, wie immer, mit Kopfrothoring abschliessen.

Sämtlicher Sucht ist mit Chakra- und Kopfrothoring beizukommen, sobald Du Dir eingestehst: „jawohl, ich bin süchtig". Der Wille auszusteigen muss da sein und wenn's am Willen fehlt, nimm Dir erst Deine Willenlosigkeit aus dem Kopf.

Alkohol Ein Minialkoholiker bist Du bereits, wenn Du täglich Dein Bier, Dein Gläschen Wein oder Deinen ‚Kaffi-Fertig' (Kaffe mit Schnaps) trinkst. Alkohol verstopft und schliesst das Basischakra, deshalb fühlen wir uns nach Alkoholgenuss leichter und enthemmter, jedoch wird dadurch auch die Erdung, der Kontakt mit dem Boden, verringert. Wir sind (je nach Pegel) nicht mehr so sicher auf den Beinen, können Gefühle, Distanzen, Gefahrenquellen und Geschwindigkeit nicht mehr so klar erkennen. Sicher führt das Enthemmtsein auch zu vermehrter Lustigkeit. Eigentlich schade, dass wir ohne das Hilfsmittel Alkohol nicht so richtig lustig und fröhlich sein können. Ein kleiner Tipp: Entsorge Deine Hemmungen aus Chakras und Kopf.

Chakrazugehörigkeit von Suchtverhalten:
- Alkohol — Basis
- Rauchen — Solarplexus und Herz
- Adrenalinsucht — Bauch und Solarplexus
- Fresssucht — Bauch, Solarplexus, Herz
- Haschisch — Alle Chakras
- Kokain — Bauch
- LSD — 3. Auge
- Heroin — Kronchakra
- Workaholiker — kein Selbstvertrauen, Sternenchakra (siehe Wassermannchakra)
- Jähzorn — Bauchzentrum und Herz

Vorsicht, dass Du nicht zuviel Deiner Sucht auf einmal entfernst.

Ein Beispiel:
Ein heroinabhängiger junger Mann wollte aus seiner Sucht aussteigen. Zuerst mussten wir seine Willenlosigkeit entsorgen, denn Heroin macht willenlos.
Ungeduldig, wie er war, nahm er sich anschliessend die ganze Heroinsucht auf einmal heraus. Das Ergebnis, heftigste Entzugserscheinungen, so stark, dass er fast durchdrehte.
Notfallrothoring:
- Schädeldecke öffnen;
- Aus der Kiste das zuviel Entfernte herausnehmen, in diesem Fall die ganze Heroinsucht wieder einsetzen;
- Schädeldecke schliessen;
- Erneut Rothoring, jedoch nur mit einem kleinen Teil der Sucht;
- 5-10% der Sucht ins Feuer;
- Aus der Kiste einen Platzhalter entnehmen und einsetzen;
- Alles schliessen.

Dieses Wiedereinsetzen von etwas zu viel, zu schnell oder irrtümlich Entferntem kann immer angewendet werden. Oft passiert zum Beispiel, wenn wir ‚Kein-Selbstvertrauen' entsorgen wollen, dass wir das Selbstvertrauen ins Feuer werfen. Nur halb so schlimm, aus Deiner Kiste kannst Du alles was Du möchtest wieder herausholen.

Wut

Zum Kapitel Sucht gehört auch die Wut. Ganz sicher gibt es viele Situationen, in denen wir meinen, es sei richtig und gut, wütend zu werden. Glaubst Du, dass das wirklich stimmt?

Wut und sich durchsetzen können sind zweierlei!

- Wut löst Adrenalin aus, das heisst Adrenalinsucht bearbeiten.
- Wirst Du wütend, wenn eine anderen Person etwas tut? Oft wünschen wir, den Mut zu haben, genau dasselbe zu tun. Aber das geht natürlich nicht und so werden wir wütend auf den andern. Neid, Eifersucht, Unsicherheit und Kein-Selbstvertrauen-Haben sollten bearbeitet werden.
- Wut kann auch ausgelöst werden, wenn wir merken, dass wir keine Macht über jemanden oder über ein Ding haben. Macht und Besitzansprüche lösen Wut aus. Machtbedürfnisse auflösen.

- Alte Wut, nicht aufgelöste, unangenehme bis sehr schlimme Situationen, Erlebnisse oder Streitereien. Die Übung aus meinem Buch ‚Schwarz und Weiss sind keine Farben' über das „Brücke-Sprengen" kann auch hier angewendet werden. Suhle Dich nicht in Deinem Selbstmitleid, nur weil Du damals das Opfer warst. Selbstmitleid ist wie Klebstoff und hält das Alte fest.
Stell Dir vor, zwischen Dir und dem alten, nicht aufgelösten Erlebnis ist eine Brücke. Du realisierst, dass Du hier in Deinem Körper bist. Du spürst Deinen Körper und fühlst Deinen Atem. Jetzt stell Dir vor, wie Du diese Brücke in die Luft sprengst. Sprengen wirbelt Staub auf und es kann zu Reaktionen kommen.
- All die zerstörenden Gefühle wie Eifersucht, Neid, Opfersein, Selbstmitleid, Besitzgier (zeigt sich hauptsächlich bei Trennung und beim Erben), Unnachgiebigkeit, Sturheit etc. sind alles zerstörende Seinszustände, die oft fanatisch festgehalten werden.

Ein Kursteilnehmer fragte mich ganz verzweifelt: „Wer bin ich dann noch, wenn ich meine Sturheit loslasse?"

Oft identifizieren wir uns mit unserem negativen Sein. Schau dich an und überlege Dir, wann und warum Du wütend wirst.

Wutbearbeitungsmethoden habe ich schon in meinem Buch Petrova beschrieben. Hier nun die Rothoring-Wut-Bearbeitung.
Achtung! Diese Übung kann zu Reaktionen führen. Wie diese Reaktionen ausfallen, kommt sehr auf Deine Wutart an. Reaktionen können sein: Von Bauchrumpeln bis heftigem Durchfall, Fieber oder grippeartigen Zuständen; heulendes Elend bis Wutanfall (bitte informiere Deinen Partner, bevor Du mit dieser Arbeit beginnst). Sehr oft richtet sich dieser Wutanfall gegen jemanden, der Dir nahe steht, der aber mit Deiner ganzen eingelagerten Wut, Deiner Lebensenttäuschung nichts zu tun hat.

- Arbeite im stillen Kämmerlein, wenn Du Ruhe hast und allein bist;
- Rothoring-Utensilien mit Metallschaufel und Kratzer bereitstellen;
- Öffne die Tür bei Deinem Bauchchakra und hol alles Verbrannte, Glühende, Brennende, alles Rote und Schwarze heraus. Achtung, Wut ist heiss, darum nimm die Blechschaufel, den Metallkratzer oder einen speziellen Kaminfeger-Staubsauger. Ab ins Feuer mit all dem mottenden Abfall;

- Türe schliessen;
- Nun werden beim Solarplexus alle Gefühle, die zur Wut geführt haben oder die zur Wut gehören, ausgeräumt und im Feuer entsorgt;
- Türe schliessen;
- Vielleicht noch das Halschakra bearbeiten. Nimm da alles heraus, was Du hättest sagen wollen und es nicht gesagt hast;
- Halstüre schliessen;
- Kopfrothoring: alle Gedanken, die zu dieser Wut geführt haben, und alle derzeitigen Gedanken über diese Wut entsorgen;
- Ursache unbedingt entsorgen!
- Platzhalter einsetzen und alles schliessen.

Symptome, Reaktionen können bei dieser Übung bis drei Tage anhalten. Hab Mut und lass die Zeit des Unwohlseins einfach vorübergehen. Mit ‚helfenden', Symptom unterdrückenden Medikamenten (auch natürlichen) stoppst und verhinderst Du das Ausschaffen von all dem Abfall. Der menschliche Körper verträgt kurzzeitig durchaus bis 40° Fieber, nur drüber sollte es nicht gehen, dann ist ein fiebersenkendes Mittel notwendig und sinnvoll. Fieber ist hilfreich, es verbrennt Nichtbrauchbares. Je heftiger die Reaktionen, desto mehr Unbrauchbares wird entsorgt.

Stell Dir vor, Du räumst und entrümpelst Deine Wohnung, stellst alle Abfallsäcke auf die Strasse, damit sie von der Abfuhr mitgenommen werden können. Unterbrich diesen Vorgang nicht mit einem Medikament. Du holst ja die Abfallsäcke auch nicht wieder in Deine Wohnung zurück und kippst sie im Wohnzimmer aus.

Wut und Hass liegen sehr nah beisammen und es ist ganz selten, dass jemand zugibt zu hassen. Und doch ist bei Wut sehr oft auch mehr oder weniger Hass dabei. Hass sitzt im Herzzentrum. Sicher ist es nützlich, beim Wutentsorgen prophylaktisch auch aus dem Herzzentrum den Hass herauszunehmen. (Nicht nur Hass, auch Selbsthass)

Genauso wie bei anderen Chakras, Herztüre öffnen; Hass herausnehmen; Ursache entsorgen; Türe schliessen und weiterarbeiten.

Übergriff, Missbrauch

Übergriff und Missbrauch können auch auf diese Art aufgelöst werden. Leider sitzen diese Erlebnisse sehr, sehr tief; oft so tief, dass fast keine bis gar keine Erinnerungen mehr da sind. Das Erlebte wurde einfach aus dem Bewusstsein gestrichen, im Unterbewusstsein liegt es auf der Lauer und hat eine Situation nur die entfernteste Ähnlichkeit mit damals, steigt die unselige Programmierung wieder an die Oberfläche auf. Erlebnisse, die so tief in uns versteckt sind, brauchen Zeit, viel Zeit um erfolgreich entsorgt zu werden. Am besten werfen wir zuerst als Ursache den ganzen Film, der unser Unterbewusstsein gespeichert hat, ins Feuer.

Und nun „pirschen" wir uns langsam an das Erlebte heran. Kleine und kleinste Erinnerungen werden gelöscht, unbegreifliche Verhaltensmuster, Angst und Schuldgefühle werden mit der Ursache im Feuer entsorgt. Bewusst aus der Kiste Lebensfreude und Lebensbejahung einsetzen.

Bei **Aids und HIV positiv** ist die Grundlage Hass, Selbsthass, unterdrückte Wut, Aufgeben-Wollen und langsamer Suizid.

Wenn all diese meist unbewussten Zustände und Programmierungen entfernt werden, haben jeggliche Therapien viel besseren Erfolg. Bitte nicht vergessen, die Ursachen mitzuentfernen!

Vergangenheit und Zukunft

Am Anfang dieses Buches habe ich den Text gesetzt:

„Bereue nichts, nicht Sünde noch Versagen. Der Mensch ist so beschaffen, dass er das Gewicht von 24 Stunden zu tragen vermag, nicht mehr. Sobald er sich von den vergangenen Jahren und den bevorstehenden Tagen niederdrücken lässt, bricht sein Rücken. Ich habe versprochen, euch nur mit der Last des heutigen Tages behilflich zu sein; die Vergangenheit hab ich von euch genommen, und wenn es euch, törichte Herzen, beliebt, diese Last nochmals aufzunehmen und zu tragen, dann spottet ihr meiner in der Tat, wenn ihr erwartet, dass ich sie mit trage. Auf Wohl oder Wehe ist jeder Tag zu Ende. Was noch zu leben ist, die nächsten 24 Stunden, denen müsst ihr beim Aufwachen entgegen sehen.
Wer eine Wanderung macht, trägt nur das bei sich, was er für den Marsch braucht. Hättet ihr Mitleid

mit ihm, wenn ihr sehet, wie er auch noch das erdrückende Gewicht der abgetragenen Stiefel und Kleider vergangener Wanderungen und Jahre mit sich trägt? Und dennoch, im mentalen und spirituellen Leben tut der Mensch so etwas. Kein Wunder, dass meine arme Welt betrübt und erschöpft ist. So dürft ihr nicht handeln."

Beim Bearbeiten der Vergangenheit und der Zukunft ist es wichtig zu erkennen, was wir alles an Ballast mittragen. Es kann sein, dass wir die genauen Details des Vergangenen nicht mehr wahrnehmen können. Vielleicht hast Du auch Angst, genau hinzusehen, denn es könnten ja sehr unangenehme Erlebnisse wieder ins Bewusstsein kommen. Du musst nicht im Sumpf des Vergessenen wühlen, die ‚Ursache' als Begriff kannst Du jedoch immer entfernen.
Durch das Entfernen der Ursache kann es sein, dass in Deiner Erinnerung kleine Zipfelchen des Vergangenen auftauchen. Sofort, ohne sie lange anzusehen und zu analysieren, ins Feuer damit. Dir erneutes Leiden zuzufügen ist sinnlos und macht das Geschehene nicht ungeschehen.
Prophylaktisch kannst Du ‚Die Lust am Leiden', ‚Schuldgefühle' und ‚Strafbedürfnis' herausnehmen und entsorgen. Diese sinnlosen Seinszustände stecken in fast allen von uns.

Ein Beispiel aus dem gewöhnlichen Alltag. Eine ältere Frau kam zu mir und beklagte sich: „Seit das letzte unserer vier Kinder aus dem Haus ist, schlägt mich mein Mann fast jeden Abend." Was war geschehen.

Seit die Kinder erwachsen und ausgeflogen waren, hatte die Frau im Haushalt nicht mehr viel zu tun. Sie erledigte ihre Arbeit am Morgen und hatte den ganzen Nachmittag zur freien Verfügung. Ihr Mann arbeitete jedoch den ganzen Tag. Schlechtes Gewissen und Schuldgefühle krochen in ihr Denken und schon stand auf dem Programm: Ich arbeite zu wenig, ich verdiene Strafe. Abends, wenn der Mann müde von seiner Arbeit nach Hause kam, musste er noch das unausgesprochene Strafbedürfnis seiner Frau erfüllen.

Ich rechnete der Frau vor, wie viele Überstunden sie mit ihren vier Kindern gemacht hatte und dass sie jetzt das Recht hat, diese Überzeit einzuziehen. Mit Rothoring entfernte sie dieses unsinnige Strafbedürfnis, diese Schuldgefühle. Etwa ein Jahr später ruft sie mich an: „Sie glauben es kaum, ich habe den liebsten Mann, nie mehr hat er mich geschlagen."

Rothoring sei Dank und ich bin überzeugt, ihr Mann hatte sicher auch nichts dagegen, nach seinem strengen Arbeitstag nicht noch als Bestrafer tätig sein zu müssen.

Einen zweiten Text, der genau so wichtig ist wie das ‚Bereue nichts …', möchte ich hier noch beifügen:
- „Ich habe Fehler gemacht;
- Es tut mir wirklich leid und ich versuche diesen Fehler nicht mehr zu machen;
- **Ich verzeihe mir!**
- Denn ich habe mich lieb." _{siehe Verweis Seite 154}

Wichtig ist immer das Erkennen, Akzeptieren und Annehmen eines Fehlers. Fehler machen wir alle, nur das Sich-Eingestehen, das ist oft sehr schwierig. Wir sind oft der irrigen Meinung, wenn wir einen gemachten Fehler verdrängen, ignorieren oder abschieben, dass wir dann ‚lieb' sind. Auch da spielen Programmierungen aus der Kinderzeit mit. Angst vor Strafe hat uns gelehrt, Fehler abzustreiten und zu verleugnen. Damit konnten und können wir das Geschehene nicht rückgängig machen.

Etwas ändern und wieder gutmachen können wir jedoch erst, wenn wir uns dieses ‚Ding' einmal genauer anschauen und unser Fehlverhalten nicht auf andere abschieben.

Was vorbei ist, ist vorbei und Du kannst es nicht mehr ändern. Du kannst Dich entschuldigen, das fällt oft schwer, Du kannst versuchen, so gut wie möglich für den ‚Schaden' aufzukommen, was leider nicht immer machbar ist. Das Wichtigste aber ist:

Verzeihe Dir!

Wie bei dem Beispiel mit dem schlagenden Mann; sobald Du Schuldgefühle hast, werden andere Menschen auf Deine Ausstrahlung reagieren und Deinem Strafbedürfnis nachkommen. Es sind nicht die anderen, die Dein negatives Tun nicht loslassen können, sie reagieren nur auf Deine Ausstrahlung. Du kannst schon sagen: „Och, das ist so lange her, ich denke schon gar nicht mehr daran." Solange jedoch über Dein Fehlverhalten gesprochen wird, solange sich diese Gedanken in Dein Bewusstsein schleichen, ist in Deinem Inneren das alte Schuldgefühl und Strafbedürfnis noch nicht bearbeitet. Nicht dran denken, heisst noch lange nicht, diesen Fehler weggeräumt zu haben. Rothoring ist wie der Schaufelbagger, der allen Mist auf einen Lastwagen lädt und zur Sondermüllverbrennung fahren lässt. Den Auftrag zur Verbrennung musst Du geben, das heisst, Du musst bereit sein, den Müll loszulassen.

Verzeihe Dir und versuche nicht mehr über diesen Fehler zu stolpern. Unsere Gesetzgebung verhängt bei Fehlverhalten Strafen, ob das nun gut ist oder nicht, darüber lässt sich streiten. Man kann sich nur fragen, gibt es durch die verhängten Bussen weniger unverantwortliche Autofahrer? Weniger Menschen, die ihre Verantwortung anderen Menschen gegenüber nicht wahrnehmen? Jahrelange Gefängnisstrafen, soviel ‚Rückfällige', wie es gibt, zeigen doch, dass diese Art zu strafen

nichts bringt. Mit Strafe kann niemand gezwungen werden, das kosmische Gesetz einzuhalten. Doch schon den kleinsten Kindern mit viel Liebe beizubringen, was das kosmische Gesetz ist, würde viel Leid und Kriminalität verhindern.
Wer lehrt uns dieses kosmische Gesetz zu erkennen und einzuhalten? Die Kirchen haben versagt, und Regierung und Verantwortliche der Wirtschaft werden sich hüten, dieses Gesetz weiterzugeben, sie könnten ja ihre Macht verlieren.

Wer kennt das nicht, man möchte etwas gut machen und hinterher sieht man, dass es genau das Verkehrte war. Vor allem in der Kindererziehung passieren so oft gutgemeinte Fehler. Die Seelen der Kinder suchen sich ihre Eltern genau wegen dieser Fehler aus. Sie haben vor der Zeugung beschlossen, ihre Schuldbedürfnisse, ihr karmisches Strafbedürfnis und vor allem mit ‚Gutes-Tun' ihr Fehlverhalten aus einem anderen Leben wieder ins Gleichgewicht zu bringen. Sie haben sich nicht verzeihen können und erwarten nun Strafe.
Bereue nichts … Das ist aber kein Freipass, um unkontrolliert seine Launen, seinen Frust und schlechten Gefühle an den Kindern auszulassen. Hilf ihnen, dass sie lernen, was das heisst: ‚sich verzeihen'.

Verzeihe Dir selber!

Schuldgefühle mitzuschleppen ist eine unsinnige Last; den Fehler zu erkennen, daraus zu lernen und den Fehler nicht mehr zu machen, das ist sinnvoll.

Nicht immer schaffen wir es, einen einmal erkannten Fehler sofort zu ändern. Wie das kleine Kind das Gehen lernt, gib nicht auf, starte immer wieder einen neuen Versuch. Vor allem kleine, unscheinbare Fehlerchen, wie Selbstsucht, ‚andere übervorteilen wollen', Unehrlichkeit und Trotz sind hartnäckig. Rothoring ist sehr hilfreich im Auflösen von Fehlern. Nicht vergessen, die Ursache zu entfernen. Sehr wichtig!

Hast Du Dir auch schon Schuldgefühle aufschwatzen lassen? Wirf sie über Bord.

Zukunftsängste sind genau so sinnlos wie Schuldgefühle. Andere reagieren auf unsere Ausstrahlung. Alten Ballast mit sich herumzuschleppen nimmt uns Energie und wir sind anfälliger für jede Art von Krankheit.

Über alte Erlebnisse, die für Dich frustrierend und enttäuschend waren, weiter nachzudenken, lohnt sich doch gar nicht. Wirf sie weg, sie werden nicht besser, wenn Du ihnen noch mehr Energie gibst. Je nach Erlebnis Bauchchakra, Solarplexus, ev. Herzchakra reinigen und dann genussvoll, spielerisch alles aus dem Kopf herausziehen und verbrennen. Vielleicht brauchst Du dazu etwas länger als einen Atemzug, macht nichts, so hast Du Zeit, Dich noch von dem Nichtgebrauchten zu verabschieden. In meinem Buch ‚Liebesgeflüster mit deiner Seele' habe ich geschrieben,

Tränen sind göttliche Putzfrauen, lass sie fegen.

Vorsicht! Angst!

Angst ist Wunsch und jeder Wunsch muss erfüllt werden!

Huch, jetzt aber schnell, alle Zukunftsängste mit Rothoring entfernen.
In die Zukunft zu denken ist gut und alles, was nicht in Dein Konzept passt, mit Rothoring zu entfernen. Du kannst aber eine bevorstehende Prüfung nicht einfach in Luft auflösen, aber die Prüfungsangst entfernen und, wenn Du genügend gelernt hast, ist kein Grund mehr da, durch die Prüfung zu fallen.

? Flugangst: Entferne erst einmal alle Berichte, die Du über Flugzeugabstürze gelesen hast, dann nimmst du all das, was Dir vielleicht Mama, Papa oder sonst eine Dir nahestehende Person über Unglücke erzählt hat, heraus. Oder hast Du gar die Angst der Personen übernommen? (Vorbilder entfernen) Du musst nirgendwohin fliegen, aber wenn Du aus Angst nicht in ein Flugzeug steigst, verpasst Du doch sehr viel.

Angst zieht das, wovor wir Angst haben, magnetisch an.

Hieven

Hieven gehört in das Päckchen Rothoring.
Mit Hieven entfernen wir alles, was nicht genau lokalisiert werden kann. Zum Beispiel Ängste oder Vorbilder.

Am besten machst Du diese Übung vor dem Einschlafen; oder wenn Du lieber tagsüber arbeitest, solltest Du Dich dazu hinlegen.

- Lege Dich bequem auf den Rücken;
- Wieder einmal Herzmitte atmen;
- Nun stellst Du Dir vor, auf Dir liegt der Teil von Dir, den Du loshaben möchtest. Du stellst Dir diesen Teil wie einen Menschen oder wie eine Puppe vor;
- Neben Dir steht ein Kran;
- Und ein grosses Feuer brennt lustig vor sich hin;
- Binde nun den Entsorgungsteil (Puppe) an die Seile des Krans;

- Mit einer Fernbedienung aktivierst Du den Kran und der zieht nun dieses Unbrauchbare nach oben, schwenkt seinen Arm bis über das Feuer und lässt das alte, vergammelte ‚Ding' ins Feuer fallen;
- Im Feuer wird es aufgelöst und verbrannt;
- Beim Einatmen stellst Du Dir nun vor, dass Du Licht einatmest und die Vertiefung, die durch das Hieven entstanden ist, auffüllst;
- Ruhig und friedlich kannst Du nun einschlafen.

Arbeitest Du am Tag mit Hieven, döse noch etwa eine halbe Stunde vor Dich hin, bevor Du wieder aufstehst. Strecke und recke Dich, klopf Dich mit Deinen Händen ab, atme zwei, drei Mal tief ein und aus und nun bist Du wieder voll da.

Hieven kann Reaktionen geben!

Da mit Hieven ein grosser ‚Brocken' herausgezogen wird, kann es zu einem feinstofflichen und physischen Muskelkater kommen. Jede Zelle muss sich der neuen Lage und dem grösseren Platzvolumen anpassen. Keine Panik, wenn Dir zwei, drei Tage lang alles weh tut.
Es gab einen wunderschönen Buchtitel:
Kranksein, lästig aber doch gesund.

Beim Hieven ziehen wir noch öfter als beim Arbeiten mit Rothoring bekannte Menschen heraus. Das sind Phantome, die haben mit den Menschen, die wir lieben (oder hassen), nichts zu tun und können

problemlos im Feuer entsorgt werden. Bringst Du dieses Auflösen im Feuer nicht übers Herz, übergib diese ‚Puppe' einem Engel, der entsorgt sie für Dich.
Energie bleibt Energie, sie wird im Feuer nur gereinigt und zu positiver Energie umgewandelt.
! Die Reaktionen können recht stark sein.
Mach Dir Deinen Körper untertan und sage ihm, was und wie heftig er aufräumen darf.

? Warum vor dem Einschlafen. Das, was Du vor dem Einschlafen denkst, geht sehr schnell und unkontrolliert ins Unterbewusstsein über. Dieses Entsorgen vor dem Einschlafen hat dadurch eine sehr intensive Wirkung.
Sei vorsichtig, was Du am Abend und kurz vor dem Einschlafen tust. Fernsehen bis zum Einschlafen ist verheerend. Unzensuriert und unkontrolliert bist Du dieser Dreckschleuder ausgeliefert.
Entsorge doch all das Gesehene, Gehörte und vor allem das Nicht-Wahrgenommene, Unhörbare (Subliminal–Beeinflussung), auch die Bilder der Nachrichten oder des gesehenen Films vor dem Schlafengehen mit Kopfrothoring. Erstens entfernst Du damit alle unliebsamen Beeinflussungen, schläfst viel besser und hast am Morgen viel mehr Energie und Lebensfreude.

Probleme mit anderen Menschen

Ja, ja die lieben andern. Nur zu gerne schieben wir Fehler und Probleme, die wir haben, anderen in die Schuhe. Sehr oft oder fast immer hat das ‚Fehlverhalten' des anderen auch etwas mit uns selber zu tun. Vielleicht zeigt Dir der Mensch, der Dich ärgert, nur Dein Fehlverhalten an. Vielleicht ist es Deine Ausstrahlung, die ihn zu seinem Tun veranlasst.

Kannst Du hellsehen? Denn genau das Ereignis, die Situation, vor der Du Angst hattest, trifft ein. Wie viele Menschen haben Angst, ihr Partner könnte untreu werden, ‚fremdgehen'? Und wie oft hören wir hinterher: „ich habe es ja immer gewusst". Dass aber durch unser eifersüchtiges Verhalten, durch Misstrauen und durch unsere Angst, die wir ausstrahlten, genau das eintrifft, wovor wir Angst hatten, daran denkt selten jemand. Andere Menschen reagieren auf unsere Ausstrahlung und auch auf unser Denken. Angst und Denken strahlen aus.

Ganz sicher lohnt es sich, alles, worüber wir uns ärgern, erst einmal an und in uns selbst zu bearbeiten und zu entfernen und erst dann mit Gruppenrothoring zu arbeiten. Sehr oft ändert sich das Verhalten des anderen schon, wenn Du mit Dir gearbeitet hast.

Kritik am andern steht Dir nicht zu, ausser sein Verhalten betrifft auch Dich. Das kosmische Gesetz beinhaltet genauso die Gedanken- und Seinsfreiheit des anderen zu respektieren, das was auch Du vom anderen erwartest. Stört Dich etwas, entferne es zuerst bei Dir.

Auch das ‚Sich-Sorgen-Machen' schränkt die Bewegungs- und Seinsfreiheit des anderen Menschen ein. Vorsicht! mit Deinen negativen ‚Katastrophengedanken' ziehst Du die Katastrophe magisch an.

? Warum hast Du Angst? (Angst entsorgen)

? Warum willst Du, dass der andere Mensch nach Deiner Geige tanzt? (Machtmissbrauch auflösen.)

? Warum leierst Du in Gedanken alle Gefahren durch, wenn Dein Kind zur Schule geht? (Angst zieht Gefahr an.) Beobachte Dich gut und entsorge die Ursache Deiner Ängste und Deines Tuns.

Helfen, ja helfen ist gut, aber nur, wenn Dich der andere um Hilfe gebeten hat.

Ein kleiner Fahrradunfall. Eine Dame will mir helfen, das Fahrrad aufzustellen, das sich mit meinen

Beinen verheddert hat. „Lassen sie mich in Ruhe", schrie ich sie, Schmerz gepeinigt, an. Schimpfend ging sie ihres Weges. Zu schnelle, unüberlegte Hilfe kann sehr schmerzhaft sein. Meine Beine aus dem Fahrrad zu lösen, das wäre sinnvoll gewesen.

Mama hilft ihrem Sprössling immer wieder aus der finanziellen Klemme. Ich glaube kaum, dass diese Hilfe auf Dauer sinnvoll ist.

Es lohnt sich „Helferitis" zu entfernen.

(Helferitis = immer und überall helfen wollen, Helfersucht.)

Ungefragt jemandem Fernheilung, Fernreiki oder dergleichen zu senden, ist nicht wünschenswert, ausser jemand bittet Dich darum. Auch ungefragt ein Hilfsmittel, zum Beispiel für mehr Energie oder ‚besseres Schlafen', jemandem unter die Matratze zu legen, grenzt schon an Machtmissbrauch. Das ist wirklich ein Eindringen in die Privatsphäre des anderen.

? Dein Partner stört Dich des Nachts mit seinem Nichtschlafen. Dann, ja dann darfst Du ganz klare Richtlinien geben.

Zu diesem Kapitel gehört auch das Schnarchen. Nimm Dir das Schnarchen einfach mit Rothoring weg. Schnarchen kommt hauptsächlich davon, dass man nicht alles sagt, was man sagen möchte oder sagen sollte. Aber das ist nicht die einzige Ursache. Rothoring mit Ursachenentfernung bringt Hilfe (Mentalmedizin).

Schnarcht Dein Partner, gibt es mehrere Möglichkeiten. Ideal ist, wenn Du kurz Rothoring erklären kannst und ihn/sie darum bittest, es damit zu versuchen. Die zweite Möglichkeit ist, dass Du bei Dir das ‚Sich-Gestört-Fühlen' entfernst, denn nur, wenn Du Dich darüber ärgerst, kannst Du nicht schlafen.
Nur noch ein bisschen Geduld, Gruppenrothoring kommt im übernächsten Kapitel dran. Auch damit kannst Du nächtliches Stören bearbeiten.

Ganz verheerend ist es mit den guten Ratschlägen: „Du musst … !" „Du hättest nicht … !" „Ich habe dir schon so oft gesagt, Du sollst dies oder jenes tun oder nicht tun!"
Einmal Hilfe anbieten, einmal sagen, Du könntest es doch auch so oder einmal ganz anders probieren, reicht. Mehr ist Belästigung und das magst Du ja auch nicht.
Jemand hat Dich um Hilfe gebeten, Du hast ihm geraten. Frage später nicht: „Hast Du es jetzt so gemacht, wie ich es Dir gesagt habe." Es ist wirklich jedermanns/jedefraus Privatsache, ob er weiter leiden will oder auch einmal etwas Neues, das zur Besserung beitragen könnte, ausprobiert.
Erzählt Dir jemand bei jedem Zusammentreffen seine Leidensgeschichte, stoppe ihn mit: „Das hast Du mir schon erzählt, versuch doch einmal dein Leiden mit Rothoring zu bearbeiten."

Mobbing

Dieses Kapitel ist auch für Nichtgemobbte lesenswert.
Mobbing entsteht aus Konkurrenzkampf. In der jetzigen Zeit, in der doch einige Arbeitsplätze gefährdet sind, ist Mobbing gross in Mode.
! Mobbst Du jemanden, dann entsorge das so schnell wie möglich, denn es kommt alles, Dein Tun und Dein Denken, zu Dir zurück.
Wirst Du gemobbt, frage Dich an erster Stelle, ob Dir, ausser der Mobberei, Dein Arbeitsplatz nicht gefällt und Du Angst hast zu kündigen. Dann nimm Deine Angst heraus. Überlege Dir, was Du für eine Arbeit machen möchtest, was Dir an Deinem jetzigen Arbeitsplatz nicht gefällt und dann habe den Mut, Dir Deine neue Arbeitstelle sehr genau vorzustellen. !Nicht Künden! Denn Du hast hier noch etwas Wichtiges zu lernen. Kündigst Du sofort, wird Dein neuer Arbeitsplatz dem jetzigen gleichen und Du wirst erneut gemobbt. (Deine Ausstrahlung macht's.) Gemobbt kann nur der werden, der es mit sich machen lässt. Das heisst, es fehlt an

Selbstvertrauen und Selbstsicherheit. Vielleicht spuken auch noch Fragmente wie Schuldgefühle ‚Du kannst es ja doch nicht', ‚Dich kann man zu nichts gebrauchen' etc. aus der Kinderzeit in Deinem Unterbewusstsein herum. Entsorge alles, was Dir in den Sinn kommt. Zuerst muss entfernt werden: ‚Kein-Selbstvertrauen-Haben', Unsicherheit, Unehrlichkeit und alles, was Mama oder Papa über das ‚Nicht-Brauchen-Können' gesagt haben. Lehrer tragen auch sehr gerne zu diesem ‚Dich kann man nicht brauchen' bei. Diese Lehrer- und Elternphantome gehören ins Feuer.

- Herzmitte;
- Rothoring mit Solarplexus und Kopf;
- Aus der Kiste nehmen wir nun **bewusst** Selbstvertrauen; Selbstsicherheit; ich bin gut; ich bin ok; ich hab mich lieb, heraus und setzen alles als ‚Platzhalter' in den Kopf ein.

Hier wird nun ganz bewusst etwas aus der Kiste herausgeholt und eingesetzt.

Passiert Dir ein Fehler und du holst ungeschickterweise Selbstsicherheit statt Unsicherheit, Selbstvertrauen statt KEIN-Selbstvertrauen-Haben heraus, hast es verbrannt und nun ...? Nur halb so schlimm, öffne Deine Kiste und nimm das, was Du versehentlich verbrannt hast, heraus und setz es Dir erneut in Deinen Kopf ein. In Deiner Kiste ist alles, was Du möchtest und was Du brauchst.

Gruppenrothoring

Gruppenrothoring ist die einzige Art, wie Du mit anderen Menschen arbeiten darfst.

Gruppenrothoring kann mit einer Gruppe, mit einem Verein, mit einer Bürogemeinschaft oder mit einem ganzen Geschäft gemacht werden; auch für Familien, den Freundeskreis oder auch nur mit einem Freund, einer Freundin, Partner oder Partnerin, das heisst, auch mit einer Einzelperson ist Gruppenrothoring möglich.

Vergiss jedoch nie, zuerst all die Probleme bei Dir zu bearbeiten, denn Du weisst nie, wie gross Dein Anteil an den Unstimmigkeiten, an der Disharmonie ist. Wir sind sehr grosszügig, wenn es darum geht, die Schuld jemand anderem zu übergeben. Wir spielen so gern Opfer, können uns dann gebührend bemitleiden, über den anderen schimpfen und überhaupt, wir fühlen uns über jeden Zweifel erhaben. Wie viele Familien werden zerstört, einfach weil alle Unstimmigkeiten auf den Partner abgewälzt werden. Bitte erst an und mit Dir arbeiten, somit ist der Erfolg mit Gruppenrothoring viel grösser.

- Zeit und Ruhe brauchst Du zu dieser Arbeit;
- **Stell Dir vor**, Du stehst mit den Menschen, mit denen Du arbeiten möchtest in einem Kreis. Arbeitest Du nur mit einer Person, steht sie Dir gegenüber;
- Du erzählst nun in Gedanken den anderen, was Dich stört und was Du verändert haben möchtest;
- In der Mitte des Kreises brennt ein Feuer;
- Du machst es nun vor, nimmst ein Greifwerkzeug in die Hand. Jeder, der will, macht es nach;
- Du öffnest Deine Schädeldecke, wer will macht es nach;
- Du nimmst aus Deinem Kopf das, was Du geändert haben möchtest und was Dich stört. Wer will, tut es Dir gleich;
- Du wirfst das, was Du aus Deinem Kopf geholt hast, ins Feuer. Wer will, wirft seinen Abfall ebenfalls ins Feuer;
- Das Feuer brennt herunter und in der Mitte des Kreises steht nun eine Kiste;
- Du öffnest den Deckel, nimmst heraus, was Dir gefällt und animierst die anderen zu nehmen, was und so viel sie wollen. Auch

die, die nicht mitgemacht haben, dürfen in die Kiste greifen. Es hat genug für alle;
- Nun schliesst Du Deinen Schädel und alle machen es nach;
- Du bedankst Dich bei den Anwesenden und verabschiedest Dich;
- Tief Atem holen und wieder hier sein.

Sicher warst Du schon einmal in einem Thermalbad und hast zugeschaut oder auch selber bei der angebotenen Gymnastik mitgeturnt. Oben auf der Mauer, auf dem Trockenen, steht der Vorturner und turnt vor, im Wasser sind die Badegäste und die können, wenn sie wollen, die Turnübungen nachmachen. Kein Lehrer wird irgendwen zum Mitturnen zwingen. Genauso ist es bei Gruppenrothoring. Du bist der Vorturner, leitest die anderen an. Machen sie mit, ist es gut; machen sie nicht mit, ist es auch gut. Das, was Du verändert haben möchtest, geht nicht immer alle an. Auch wenn Du nur mit einer Person arbeitest, zwinge sie nicht zum Mitmachen, vielleicht ist es wirklich nur Dein Problem.
Denk an das universelle, kosmische Gesetz. Respektiere den Willen des anderen. Du darfst keinen Zwang auf jemanden ausüben. Was total und ganz verboten ist, in den Kopf, das heisst in den Privatbereich des anderen zu greifen. Glaub mir,

wenn Du diese Regel nicht befolgst, hast Du selber Schuld, wenn die Situation nachher eskaliert.

Du siehst feinstofflich nichts. Setz Dich nicht unter Druck. Je mehr Du Dich anstrengst zu sehen, desto weniger siehst Du. Das feinstoffliche Sehen gleicht Traumbildern, versuche einmal einen Traum festzuhalten, unmöglich; oder Dir ein Bild aus einem Traum noch einmal anzusehen, fast unmöglich. Sei nicht traurig, dass Du noch nichts siehst. Sobald Du Dich nicht mehr verkrampfst, wirst Du sehen.
Stell Dir einfach vor, wie die Leute im Kreis stehen. Stell Dir vor, wie sie mitmachen. Wenn Du die Anleitung gibst, wenn Du vorturnst, musst Du nicht sehen, wer mitturnt und wer passiv bleibt. Oft ist es sogar besser, wenn wir es nicht sehen.

Rothoring mit Tieren

Ist Dein Tier krank oder hat es sonst ein Problem, kannst Du mit ihm Gruppenrothoring machen. Es muss nicht bei Dir sein, Du stellst Dir vor, es steht, sitzt, liegt oder schwimmt Dir gegenüber. Zwinge Deinen Hund, Deine Katze oder Deinen Hamster nicht mitzutun. Wie bei Gruppenrothoring mit Menschen bist Du der Vorturner, Dein Tier wird Deinen Anweisungen auf seine Art Folge leisten. Auch hier ist es nicht erlaubt, dass Du eigenmächtig etwas in dem Tier veränderst. An Stelle des Sich-Verabschiedens sagst Du Deinem Liebling:
„Du musst und darfst nichts von mir übernehmen!"
Arbeitest Du mit einem Tier von jemandem anders, bleibt es sich gleich bis zum Schlusssatz. Dem Tier sagst Du:
„Du musst und darfst nichts von deinem Herrchen oder Frauchen übernehmen. Das ist ihr Problem und das müssen sie selber lösen."
Nicht nur körperliche Probleme und Krankheit, auch psychische Verhaltensstörungen können bei Tieren

bearbeitet werden. Immer auf der Basis von Gruppenrothoring. Fast immer ist die Quelle von Verhaltensstörungen bei Haustieren in ihrem Umfeld zu suchen. Wieder einmal, zuerst Rothoring mit sich selber.

Eine andere Art mit Deinem Tier zu arbeiten: Du nimmst Deinen Liebling auf den Arm oder legst ihm deine Hand irgendwohin, aber nicht auf die kranke Stelle. Du weißt sicher, wo es Dein Tier am liebsten hat. Nun machst Du mit **Dir** Rothoring. Du nimmst bei Dir das Problem, das Kranksein oder die Störung heraus.

Rothoring mit fremden Tieren oder Wildtieren.

Frage zuerst, ob das Tier mit Dir arbeiten möchte. Siehst Du feinstofflich, sage dem Tier in Gedanken: „Wenn Du möchtest, dass ich mit Dir arbeite, öffne Deine Schädeldecke." Öffnet es seinen Kopf, darfst Du ihm beim Herausnehmen des Problems behilflich sein. Öffnet es seinen Kopf nicht: Das heisst ganz klar und deutlich: NEIN.

Auch bei Tieren ist das kosmische Gesetz einzuhalten.

Siehst Du nichts, frage das Tier: „Willst Du mit mir arbeiten, dann ..." Nun gibst Du eine Anweisung, wie es seine Zustimmung zeigen kann. Wendet es sich von Dir ab, heisst das klar NEIN. Bitte respektiere den Wunsch des Tieres.

Rothoring mit Kindern

Ich setze Kinder nicht mit Haustieren gleich, die Arbeit mit ihnen ist jedoch dieselbe, mit genau den gleichen Schlusssätzen.
Je nach Alter kannst Du mit Deinem Kind auch wie folgt arbeiten:
- Während der Schwangerschaft: Glücklich das Baby, das eine Mama hat, die sich schon während der Schwangerschaft bemüht, all ihren Abfall zu entsorgen. Schon während der Schwangerschaft bekommt das Baby das Wissen, womit sich seine Mutter beschäftigt, mit. Gib ihm die Möglichkeit schon vor der Geburt Rothoring und Hieven zu lernen.
- Babys und Kleinkinder bis etwa 5 Jahre. Du nimmst das Kind auf Deinen Schoss. Am besten, wenn es etwas müde ist, dann hast Du mehr Ruhe zum Arbeiten. Auch hier arbeitest Du mit Dir. Du machst mit Dir und dem Problem des Kindes Rothoring. Bitte nicht beim Kind, wirklich nur bei Dir.

- Ab 4 Jahren erzählst Du dem Kind eine Geschichte. Die ideale Zeit dazu ist vor dem Schlafengehen. Du kannst von einer Fee mit einem goldenen Staubsauger erzählen, die alle Probleme mit dem Staubsauger aus dem Kopf saugt. Anschliessend füllt sie mit ihrem Zauberstab den Kopf mit ... (Lieblingsdinge des Kindes, aber bitte nichts aus Fernseher oder aus PC-Spielen).
- Zauberer, Ritter oder Drachen eignen sich gut als Helfer. Ist Dein Kind mit Engeln vertraut, kann und darf es natürlich auch ein Engel sein, der hilft. Etwa ab Kindergarten-Alter ist Dein Kind fähig, mit diesen Vorbildern aus einer Geschichte, selbständig Rothoring zu machen. Auch Gruppenrothoring verstehen sie schon sehr gut, oft noch besser als wir.
- Hieven ist für Kinder auch kein Problem, vor allem, wenn Du ihm Bilder zum Arbeiten weitergibst. Je natürlicher und selbstverständlicher Du von Rothoring erzählst, desto leichter fällt es dem Kind damit umzugehen.
- Ab Schulalter kannst Du Deinem Kind das normale Rothoring beibringen. Frag aber bitte nachher nicht nach: „Hast Du jetzt endlich Rothoring gemacht." Vorzuleben ist das Allerbeste. Du musst niemand erzählen: „Jetzt mache ich Rothoring!" Ein Kind spürt,

wenn Du mit Dir arbeitest. Für kleine und kleinste Kinder sind Gefühle und Gedanken genau so Realität, wie Dein Tun es ist.

Mach Dir Deine Körper untertan, auch den Mentalkörper. Deine Gedanken solltest Du beherrschen können.

- Pubertierende Kinder. Das schwierigste Alter für Kind und Erwachsene. Entweder Du gibst ihm das Buch zum Lesen oder lässt es einfach herumliegen, oft siegt die Neugier. Ist die Beziehung Eltern Kind noch einigermassen intakt, kannst Du ihm davon erzählen. Zum Beispiel, dass Du Rothoring mit Erfolg ausprobiert hast und dann ... sag nichts mehr darüber. Wenn das Kind mehr wissen will, soll es Dich fragen. Gib ihm Zeit und geh auf seine Fragen ein. Du gibst ihm etwas und was es damit macht, ist seine ganz persönliche Angelegenheit.
- Mit Gruppenrothoring lässt sich manches Problem lösen.
- Erwachsene Kinder. Da wollen wir ja auch, dass es ihnen gut geht. Vorzuleben und erst dann zu erzählen, was wir gemacht haben, ist der beste Beweis für die Wirksamkeit von Rothoring. Am glaubwürdigsten ist es, wenn es Dir gut geht und Du Deine Probleme im Griff oder gar aufgelöst hast.

Vorbild -Sein ist der beste Lehrmeister.

Debile Menschen
Nicht ansprechbare Menschen

Es kommt immer darauf an, wie der Mensch ist. Da gibt es leider keine Patentlösung. Es muss jedes Mal neu beurteilt werden, ob nun wie mit Tieren, wie mit Kleinkindern, mit Gruppenrothoring, mit schöner Geschichte erzählen oder mit eigenen Bildern gearbeitet werden kann. Bitte verstehe mich nicht falsch, auf keinen Fall setze ich diese Menschen mit Tieren gleich.
Möglich ist auch eine zeichnerische Umsetzung, bei der nachher das Bild verbrannt wird. Diese Art stellt jedoch recht grosse Ansprüche an den Betreuer.
Auch hier ist das kosmische Gesetz einzuhalten.
Viele Verhaltensmuster der geistig Behinderten können verändert werden. Pflegepersonen in Heimen können ‚lästige' Gewohnheiten der betreuten Heimbewohner durch Gruppenrothoring ändern.

Warum erst jetzt

Ganz am Anfang des Buches habe ich geschrieben:
‚Endlich ist es soweit. Das Wissen wurde frei gegeben und ich darf Rothoring in einem Buch an alle weitergeben.'
Ich habe Dir Antwort versprochen und Versprechen müssen immer eingelöst werden.
Rothoring wurde 1991 geboren und ist nun schon 20 Jahre alt. Also schon erwachsen und darf sich selbständig machen. Die Zeit ist auch reif, dieses Wissen weiten Kreisen zugänglich zu machen.
Warum es nicht schon früher allen weitergegeben werden durfte, hat etwas mit dem morphogenetischen Feld zu tun.
Das morphogenetische Feld wird leider von der Wissenschaft als Pseudowissenschaft abgetan. Und doch gibt es Pioniere, die sich intensiv damit beschäftigen.
Vielleicht interessiert sich auch das Militär dafür. Dann ist es natürlich absolute Geheimsache.

Ich habe erwähnt, dass Deine Gedanken und Gefühle von anderen Menschen aufgenommen werden und sie ihr Verhalten Dir gegenüber danach ausrichten.

Sind es nun mehrere Menschen, die dasselbe denken, wird diese ‚Gedankenform' gross und stark. Wie viele Menschen es sein müssen, die das gleiche Denken, wurde leider noch nicht erforscht oder das Ergebnis wird geheim gehalten. Machtmissbrauch durch bewusste und unbewusste Beeinflussung gehört heute fast zur Normalität. Oft fragen wir uns, warum sich Menschen nicht vermehrt zu Wehr setzen; wenn bei Abstimmungen Ergebnisse erzielt werden, die jeglicher Vernunft spotten; Politiker gewählt werden, die kein Mensch will etc. Ich kann da nur immer wieder vor Fernsehen, Handys, Internetgebrauch, Werbung und geschäftsinternen Netzwerken warnen. Durch gezielte Wortwahl, Einzelbildschaltung, Subliminals (unhörbar in Musik eingeflochtene Texte), Doppelbilder (ähnlich der Subliminal-Technik) etc. wird das Unterbewusstsein eines Menschen programmiert und fast willenlos reagieren wir auf diese Beeinflussungen.

Durch die Arbeit mit Rothoring können wir uns dagegen wehren und diese unbewussten Programmierungen von Zeit zu Zeit entfernen. Etwas viel Arbeit ist es, jedoch sehr lohnenswert, jeden Abend vor dem Einschlafen all diesen unerwünschten Schrott zu verbrennen.

!Herzmitte- Zustand schützt uns vor Beeinflussung.
Ja, irgendwann wird es genug Menschen geben, die um das kosmische Gesetz wissen und auch den Mut haben, sich danach zu richten.

Kannst Du Dir vorstellen, was dann passiert? Das Wissen würde von der ganzen Menschheit übernommen und es breitet sich Frieden aus. Leider ist das teuflische Trio nicht begeistert von dieser Zukunftsperspektive und versucht mit allen Mitteln Störsender zu spielen. Würden sich alle Menschen nach dem kosmischen Gesetz richten, wären die Drei ja wirklich überflüssig. Satan könnte niemanden mehr zu satanischem, sadistischem Tun animieren, Luzifer könnte niemanden mehr verführen und hinters Licht führen. Und der Teufel wüsste auch nicht mehr, was er mit seinen teuflischen Gedanken und Plänen anfangen sollte. Sicher verstehst Du jetzt, warum sie sich mit allen Mitteln dagegen wehren. Die drei Armen würden ja arbeitslos.

Hilf mit, dass sie ausgehungert werden. Leidensschwingungen sind ihre Nahrung. Entledige Dich Deiner Lust am Leiden, Du tust es für Dich und nicht um die Welt zu retten.

Lassen viele Menschen das ‚Leidenwollen' hinter sich zurück, tritt das morphogenetische Feld in Kraft und kein Mensch will mehr leiden.

(Also doch ein Weg zu einer besseren Welt.)

Die Denkweise der Menschen hat sich in letzter Zeit stark verändert. Noch wackelig auf den Beinen versuchen viele, sich der Macht, den gesellschaftlichen Zwängen, der Bevormundung, den als unmöglich empfundenen Gesetzen und den persönlichen Einschränkungen zu entziehen. Dadurch, dass das kosmische Gesetz versteckt und geheim gehalten wurde, ist es leider in vielem Gedankengut nicht vorhanden.

Der Freiheitsdrang, der Befreiungsschlag endet oft genug im teuflischen Sumpf und die teuflische Dreieinigkeit hat wieder einmal ein Festessen.

Fernseher, Zeitungen, Zeitschriften, Internet etc. sind massive Dreckschleudern. Schalte Deinen Fernseher aus und suhle Dich nicht sensationshungrig in den letzten Meldungen und Nachrichten. Bist Du einem Fernseher ausgeliefert und kannst nicht ausweichen, entsorge so schnell als möglich all die Bilder, das Gelesene und Gehörte über Krieg, Kriminalität, Verbrechen, Katastrophen und Unfälle.

Schweine-, Vogel-, Asiatische-, Spanische-Grippe oder wie diese ‚Krankheiten' auch immer benannt wurden und werden, sind nichts anderes als Angstmacher. Angstschwingung ist sicher auch eine Leibspeise der dunklen Mächte. Durch ‚Nicht-Daran-Denken' ist eine Krankheit nicht aus der Welt geschafft. Vergiss jedoch nie:

Angst ist Wunsch und jeder Wunsch muss erfüllt werden.

Deine Angst vor dem Krankwerden lässt Dich krank werden. Entferne Deine Angst und die Ursache des ‚Krank-Sein-Wollens' und Du erfreust Dich bester Gesundheit.

Übernimm Selbstverantwortung, indem Du Deine Abhängigkeiten von allem und jedem entfernst. Eine Beziehung wird harmonischer, wenn Du die Abhängigkeit entsorgst.

Zensuriere Deine Gedanken, wirf alles ‚Nicht-Brauchbare' weg. Entsorge all die Gedanken, die bei Dir Störsender spielen.

Läuft Dein Leben nicht so, wie Du denkst, dann denke anders!

Du hast jetzt die Möglichkeit, Dein Leben zu ändern. Das Werkzeug dazu hast Du in Dir, wie so viele andere Menschen auch.

Achte auf Deine Gedanken,
denn sie werden Worte.
Achte auf Deine Worte,
denn sie werden Handlungen.
Achte auf Deine Handlungen,
denn sie werden Gewohnheiten.
Achte auf Deine Gewohnheiten,
denn Sie werden Dein Charakter.
Achte auf Deinen Charakter,
denn er wird Dein Schicksal.

(Ein Text aus dem Talmud)

Ein Äon

Ein Äon ist eine Pendelbewegung der Erdachse.

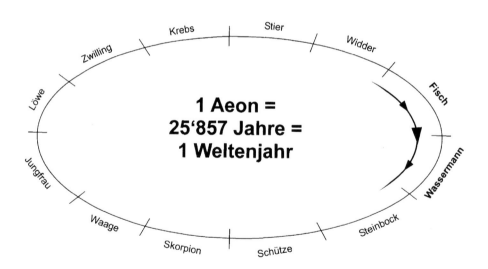

1 Aeon = 25'857 Jahre = 1 Weltenjahr

Wassermannzeitalter

In vielen Schriften finden wir Texte und Erklärungen zum Wassermannzeitalter. Sie sind sich alle sehr, sehr ähnlich und doch immer wieder anders. Nachdem ich unzählige Erklärungsversuche gelesen hatte, musste ich mich auf eine Theorie festlegen. Faszinierend an der Vielfalt ist, ganz gleich aus welchem ‚Stall' die Erklärungsversuche kommen, alle haben etwas Gemeinsames. Seien dies nun alte Kulturen, wie zum Beispiel der Mayakalender, sei es das Neue Testament, fast in allen Religionen, in Prophezeiungen, wissenschaftlichen Erklärungen, bei allen steht fest, wir sind am Ende eines Zyklus angelangt und treten in ein neues Zeitalter ein. Bist Du aufmerksam, kannst Du all die Veränderungen selber wahrnehmen. Die Zeitangaben, die ich hier weitergebe, sind nicht genau, denn genau können sie nicht bestimmt werden. Wir wissen ja nicht einmal, wann unsere Jahreszählung angefangen hat. Bis zu 4 Jahre könnte es differieren. Aber seien wir nicht kleinlich. Sei aufmerksam und Du brauchst den Kalender nicht dazu.

Das Johannes - Evangelium spricht auch vom Zeitalter der falschen Propheten, bevor die große Änderung zu den Menschen kommt. So finden wir jetzt in dieser Welt eine Vielzahl von geistigen Lehren und geistigen Lehrern, die jedoch überwiegend zu der alten Energie des Fischezeitalters gehören.

Ein Äon, ein Weltenjahr

Ein Äon, ein Weltenjahr hat 25'857 Jahre. Dieses Jahr teilt sich, wie unser normales Jahr, in die 12 Tierkreiszeichen auf. Es läuft jedoch unserer Jahreseinteilung entgegen. Welches nun der richtige Kreislauf ist oder ob sich beim letzten Polsprung unser zeitlicher Ablauf der Tierkreiszeichen gedreht hat, weiss ich leider nicht und habe bis jetzt auch noch in keinem Text und keinem Buch eine Erklärung dazu gefunden. Wichtiger als eine genaue Erklärung dazu ist die Auswirkung der Zeitveränderung auf die Erde und die Menschheit.

Bei unserer jetzigen Tierkreiseinteilung folgt auf das Fischsternzeichen der Widder und anschliessend der Stier. In der Weltenjahreinteilung kommen wir aus dem Stier zum Widder, anschliessend zum Fisch und vom Fisch zum Wassermann.

Das Fischezeitalter entspricht dem Infrarot. Das ist die am langsamsten schwingende, sichtbare Farbe. Wassermann hingegen schwingt in der höchstschwingenden Farbe Ultraviolett, das heisst Infrarot ist das rote Ende des Regenbogens und Ultraviolett genau die gegenüberliegende Grenze. Biegen wir einen Regenbogen zu einer Röhre, stossen IR (Infrarot) und UV (Ultraviolett), das niederste und höchste sichtbare Licht, zusammen. Dies würde hier auf der Erde unweigerlich zum totalen Kollaps führen. Kein Mensch, kein Tier, keine Pflanze würde diesen Zusammenstoss überleben. Um dies zu vermeiden wurde uns sinnigerweise eine Übergangszeit zur Verfügung gestellt.

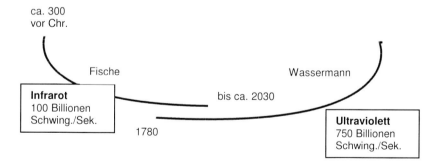

Ca. 1780 wurden die ersten Wassermann-Einstrahlungen gemessen. Wie, kann ich Dir leider auch nicht erklären, dass sich jedoch ihre Auswirkungen zeigten, können wir nachprüfen. Unsere feinstofflichen Körper wurden, einer nach dem anderen, in höhere Schwingung gebracht, was zur Folge hatte, dass sich jahrhundertealte Bräuche zu ändern begannen. Auch weltverändernde Kriege und Feldzüge (Napoleon) könnten mit dieser Schwingungserhöhung erklärt werden.
(Viele brauchbare Informationen über politische und gesellschaftliche Veränderungen erhältst Du in Google / Wikipedia unter ‚Menschheitsgeschichte'.)

bis 1780
Vorbereitung der feinstofflichen Körper auf die Schwingungserhöhung, die auch sehr viele Veränderungen in Politik, Religion, Menschenrechte, Wirtschaft und Gesellschaft mit sich brachte.

1780 – 1845
Kosmischer Körper
In diese Zeit fallen Erfindungen, die hauptsächlich schnellere Fortbewegung, Kommunikation, Licht, Luft und Energiegewinnung zum Inhalt hatten. 1845 wurde auch die erste synthetische Farbe hergestellt; ausgerechnet Violett, die Farbe des Wassermann-Sternzeichens.

1845 – 1910
Lichtkörper
Die Zeit des sozialen Wandels. Die Menschen erkannten neue Bedürfnisse und setzten sie zum Teil mit Gewalt durch. Auch ein natürlicherer Umgang mit dem physischen Körper wurde zum Allgemeinwissen. (Morphogenetisches Feld) Naturalismus.

1910 – 1945
Kausalkörper / Karmakörper
In dieser Zeit bis 1945 wurde sehr viel Karma aufgelöst, nur leider auch wieder sehr viel neue Schuld aufgeladen.

1945 – 1968
Mentalkörper / Gedankenkörper
Jetzt kommen wir schon in die Zeit, die viele von uns sehr bewusst wahrgenommen haben. Wer kennt sie nicht, die Zeit des Aufschwungs, des neuen Denkens, des Sich-Befreiens von sehr engen Gesellschaftszwängen. Die Schwingungserhöhung des Mentalkörpers. Die Tür zu neuem Gedankengut, zu neuem Denken wurde aufgestossen. Wer kennt sie nicht, die Hippiezeit, die in den Unruhen von 1968 gipfelten.

1968 – 1988
Astralkörper / Gefühlskörper
Die Zeit der Emotionen, der überschwappenden Gefühle. Gestaute Gefühle brachen sich gewaltsam

einen Weg nach aussen. Menschen fingen an über ihre Gefühle zu sprechen. Gefühlsstürme brachten auch sehr viele Ehen zum Scheitern. Psychiater und Psychologen schossen wie Pilze aus dem Boden und niemand wurde mehr schräg angeschaut, wenn er psychologische Hilfe in Anspruch nahm. In diese Zeit fallen auch gefühlsbedingte Krankheiten wie Aids. Die Zeit, für Tiere mehr Verständnis zu haben, brach an. Tierhilfeorganisationen wurden gegründet. Tier- und Artenschutz wurden gefördert.

1988 – 1992
Ätherischer Körper / Triebkörper
Diese Schwingungserhöhung brachte eine unruhige, gewaltbereite Zeit mit sich. Im Trieb- und Bedürfniskörper war einiges los. Die Kriminalitäts-Statistiken zeigten es auf. Die Gewaltverbrechen und kriminellen Handlungen verdoppelten sich in dieser Zeit jedes Jahr. Diese Schwingungserhöhung machte sich auch in viel zu vielem Einkaufen und ungebraucht wieder Wegwerfen bemerkbar. Die Materie und die Nahrungsmittel verloren ihren Wert.

1992 - 1996
Physischer Körper / grobstofflicher Körper
Eine Zeit, die ehrliche Ärzte fast zur Verzweiflung brachte. Medikamente verloren ihre Wirkung oder kehrten sich sogar ins Gegenteil um. Viele Patienten mit neuen Krankheitssymptomen, für die

es keine Erklärung gab, kamen in die Arztpraxen. Ein befreundeter Arzt, der leider nicht mehr auf Erden ist, klagte mir: „Die Leute sterben mir unter den Händen weg und ich weiss nicht, woran sie leiden." Die ‚neuen' Krankheitssymptome wurden natürlich von der chemischen Industrie schamlos für finanzielle Gewinne ausgenutzt.

1996 – 2002
Pause
Eine kleine Atem- und Verarbeitungs-Pause. Nur ganz kleine Wellen waren für minime Turbulenzen verantwortlich. Nur hysterische oder geldgierige ‚Propheten' sagten für die Jahrtausendwende Katastrophen und den Weltuntergang voraus. Leider gab es, wie immer, viele naive Menschen, die ihnen glaubten und ihr ganzes Geld zur ‚Rettung der Welt' hergaben.
Scharlatane und Betrüger müsste man erfinden, wenn es sie nicht schon gäbe. So viele Menschen, die betrogen werden wollen, möchten sich doch in ihren Opferrollen bestätigt wissen.
Wenn Du irgendwann einmal betrogen wurdest, nimm Dir das ‚Betrogen-Sein-Wollen' heraus.

2002 – 2030
In immer schnelleren Rhythmen sind die Schwingungserhöhungen zu spüren. Die Abgrenzungen zu den einzelnen Körpern sind nicht

mehr klar zu erkennen. Jedoch sind die Schwingungswellen für sensible Menschen spürbar. Weniger sensitive Leute merken es jedoch an den Auswirkungen ihrer Umwelt und am Verhalten ihren Mitmenschen.

Je mehr wir uns dem vollen Beginn des Wassermannzeitalters nähern, desto höher schlagen die Wellen. Der ganze Durchlauf, den wir in fast 250 Jahren durchlaufen haben, kommt in den nächsten 20 – 25 Jahren noch einmal dran.
2002 fing es mit der erneuten Schwingungserhöhung des physischen Körpers wieder an und geht anschliessend zum Trieb- und zum Gefühlskörper über. Von da zum Gedankenkörper, zum karmischen (Kausalkörper) und anschliessend zu den zwei Lichtkörpern.
Die Schwingungserhöhung kommt wellenweise, genauso wie bei der kommenden Flut, jede Welle ist ein bisschen höher und noch höher.
Hab Mut und lerne anders zu denken. Vergiss nie, was Du mit Deinen Gedanken alles bewirken und auslösen kannst.
Vergiss, was Dir die Schulen, die Wissenschaft und die Religionen beigebracht haben. Lerne neu zu denken. Es gibt nichts, das unmöglich ist. (Nur dauert es leider manches Mal etwas länger.)
Erkenne Dich im allumfassenden göttlichen Prinzip.

Die neuen Chakras des Wassermannzeitalters

Die Zugehörigkeit und Lage der Chakras:
Basis Erdung, Stabilität
Bauch Wut, Besitz, Umgang mit Geld
Solarplexus Gefühle
Herz Liebe, Hass, Geben und Nehmen
Hals Kommunikation,
3. Auge Denken, Hellsichtigkeit
Kronchakra Verbindung zur Universellen Energie

Basis Beim Steissbein
Bauch Unterbauch
Solarplexus Magen
Herz Brustbein, Herzhöhe
Hals Adamsapfel
3. Auge Zwischen den Brauen
Kronchakra Fontanelle

In meinem Buch ‚Antwort deiner Seele' sind die Chakras und die Arbeit mit ihnen ausführlich beschrieben.

Hauptcharkras im Fischzeitalter

Chakra	Polung männlich	Polung weiblich
Kronchakra	positiv	negativ
3. Auge	negativ	positiv
Halschakra	positiv	negativ
Herzchakra	negativ	positiv
Solarplexuschakra	positiv	negativ
Bauchchakra	negativ	positiv
Basischakra	positiv	negativ

Hauptchakras im Wassermannzeitalter

Chakra	Polung männlich	Polung weiblich
Regenbogenchakra	negativ	positiv
Lichtchakra	positiv	negativ
Kronchakra	negativ	positiv
Stirnchakra	positiv	negativ
3. Auge	negativ	positiv
Halschakra	positiv	negativ
Sternenchakra	negativ	positiv
Herzchakra	positiv	negativ
Solarplexuschakra	negativ	positiv
Milzchakra	positiv	negativ
Bauchchakra	negativ	positiv
Basischakra	positiv	negativ

Die Polung der Chakras ist einer der energetischen Hauptunterschiede zwischen Mann und Frau.

Das Basischakra ist beim Männchen positiv, nach aussen und beim Weibchen negativ, nach innen. Kann man sich leicht merken.

Anschliessend wechselt die Polung von Chakra zu Chakra. Immer abwechslungsweise negativ, positiv, negativ ... oder umgekehrt.

Negativ ist nach innen; Positiv ist nach aussen.

Durch die zusätzlichen neuen Hauptchakras wird die bisherige Ordnung gestört und umgestellt. Beim Weibchen fängt es immer noch mit negativ an und auch beim Männchen bleiben die ersten zwei Chakras gleich. (Siehe Tabelle)

Nun verändert sich diese Ordnung durch das neue, zusätzliche Milzchakra. Männlich positiv, negativ., positiv ... – Weiblich negativ, positiv, negativ ..., dadurch wird die Polung des Solarplexus verändert. Der Solarplexus ist nun bei Männern negativ, (alt: positiv) das heisst, Männer werden stärker denn je mit ihren Gefühlen konfrontiert. Weiblich wird der Solarplexus positiv, (alt: negativ) das heisst, Frauen zeigen ihre Gefühle, sie verstecken ihre Gefühle nicht mehr, fressen nicht mehr alles in sich hinein und schlucken nicht mehr alles. Durch dieses Alles-Schlucken waren die Frauen krankheitsanfälliger.

Bei diesem Wechselspiel ist natürlich auch das Herzchakra betroffen: Bei Männer wechselt es von negativ zu positiv, dadurch müssen sie lernen zu

geben, nicht nur Sex und Geschenke um eine Frau zu ‚kaufen', sondern Verständnis und Liebe. Eine ganz neue Situation für Männer. Frauen haben es auch nicht viel leichter, da ihr Herzchakra nun negativ wird, müssen sie lernen anzunehmen. Liebe anzunehmen ist gar nicht so einfach, wie es sich sagt. Jahrhundertelang hatten die Frauen immer nur gegeben und jetzt plötzlich annehmen?
Hilfe für den Umgang mit der Umpolung ist das neue Sternenchakra.

Das, für den Moment, wichtigste neue Chakra!
Als nächstes in der Reihenfolge der Chakras ist eines der ‚Neuen'. Das Sternenzentrum, das Sternenchakra. Es befindet sich beim Sternum. Wenn wir ‚ich' sagen und zur Bekräftigung die Hand auf die Brust legen, sind wir genau richtig beim Sternenchakra angelangt. Hier sitzt unser Ichbewusstsein, unser Selbstvertrauen, unsere Selbstakzeptanz, unser Selbstbewusstsein. Der Superheld Superman hat es sich ganz deutlich und erst noch rot auf die Brust geschrieben.
Das Sternenchakra besteht aus zwei Punkten. Wenn Du mit einem Finger mit leichtem Druck dein Sternum betastest, wirst Du zwei Punkte finden, die ganz leicht schmerzempfindlich sind. Diese Punkte sind nicht immer am gleichen Ort, je nach Deinem Befinden sind sie etwas weiter aussen oder näher beim Brustbein. Diese zwei Punkte bilden mit dem Herzpunkt ein Dreieck.

Super!   Ich bin!   Ich bin Super!

Bei Männern ist das Sternenchakra negativ und bei Frauen positiv gepolt. Das heisst, Männer werden vermehrt mit sich selber konfrontiert.

Durch das veränderte Solarplexus-, das neugepolte Herz- und Sternenchakra ist weiterhin ‚Heimchenspielen' (unselbständige Frau) oder Machospielen (selbst- und machtsüchtiger Mann) fast unmöglich.

Als Antwort auf diese Schwingungsveränderung, vielleicht auch aus Verzweiflung, wurde vor einigen Jahren der Verein ‚Zur Erhaltung des Machos' gegründet. Wie viele Mitglieder er zählt, weiss ich leider nicht.

Bei Frauen zeigt sich die Veränderung in vermehrter Selbstsicherheit. Sie lassen sich nicht mehr so oft unterdrücken und sie übernehmen immer mehr politische, religiöse und wirtschaftliche Ämter, eine ehrliche, gesunde Emanzipation.

Das Halschakra und das 3. Auge bleiben gleich gepolt wie in den ‚alten' Energiepolungen.

Das nächste neue Chakra ist das Stirnchakra. Es befindet sich mitten auf der Stirne beim Haaransatz. (Oder wo er einmal war.) Beim Betasten lässt sich eine minimale Vertiefung erspüren.

Eine sehr positive Lebenshilfe ist dieses neue Chakra. Leider braucht es auch dazu Übung. Erst wenn Dein Selbstvertrauen stabil genug ist, ist auch die Energie des Stirnchakras für Dich voll nutzbar.

Starten wir einen Versuch. Verzweifle nicht, wenn's nicht sofort funktioniert. Denk an das kleine Kind, das gelernt hat zu gehen. Wie oft startete es einen neuen Versuch, bis es endlich Erfolg hatte.

Nicht-Aufgeben bringt Erfolg!

- Du überlegst Dir eine Frage zu einem Problem;
- Herzmitte atmen;
- Lege Deine Hand (linke oder rechte) auf Dein Sternenchakra (ist nur am Anfang notwendig);
- Mit dem Zeige- oder Mittelfinger der anderen Hand berührst Du ganz fein Dein Stirnchakra (auch nur bei den ersten Übungen)
- Denke an Deine Frage;
- Konzentriere Dich auf Dein Stirnchakra;
- Erkenne die Lösung des Problems.

Das Berühren der Chakras ist dazu da, Deine Selbstsicherheit, Dein Selbstvertrauen und Deine Konzentration zu fördern.

Das Stirnchakra ist wie ein Aussichtsturm. Von dort oben hast Du den Überblick, kannst erkennen, was für Hindernisse auf Deinem Weg liegen, siehst den Weg, den Du gehen könntest und der sinnvoll ist zu gehen. Selbstvertrauen und Ehrlichkeit, Loslassen von Abhängigkeit sind die Voraussetzung dieser ‚Problemlösungs-Übung'.

Vorsicht beim ‚neuen' Milzchakra. Die Milz ist das feinstoffliche Herz, der Hauptlymphknoten. Das Lymphsystem ist die Verbindung vom Grob- zum Feinstofflichen. Die Energien, die durch das Milzchakra aufgenommen werden, ermöglichen uns den Kontakt zur feinstofflichen Welt und das Wahrnehmen von mit den physischen Augen nicht sichtbaren Dingen. Sicher ist es erstrebenswert, das Hellsehen, das Hellhören und das Hellfühlen zu fördern und zu lernen. Leider ist in der feinstofflichen Welt nicht alles wunderschön, was wir sehen können. Bevor Du Dein Milzchakra aktivierst, solltest Du unbedingt Dein Sternenchakra reinigen und voll funktionsfähig machen. Visionen sind schon gut und recht, aber nur wenn Du genügend Selbstsicherheit hast, sind sie auch klar erkennbar und Du kannst mit ihnen auch richtig umgehen. Zukunftsdeuterei, Hellsehen im herkömmlichen Sinn hat nichts mit visionärem Schauen zu tun! Die herkömmliche ‚Hellseherei', die uns die Zukunft voraussagt, ist fast so, wie wenn wir durch ein Fernrohr schauen würden. Wir sehen einen ganz kleinen Ausschnitt aus der zukünftigen Möglichkeit, die jedoch nicht zwingend eintreffen muss. Die Interpretation dieses Bildes durch den ‚Hellseher', die Zukunftsdeuterin setzt sich in unserem Unterbewusstsein fest und wir steuern direkt auf dieses Zukunftsbild zu. Ein Beispiel zeigt, wie gefährlich diese Zukunftsdeuterei ist.

Eine Frau geht zum Wahrsager. Er sieht in der Zukunft ein Bild eines hübschen, blonden Mannes. Seine Deutung: Sicher eine intime Beziehung, denn er sieht, wie sich die Frau auszieht. Die Frau nimmt sich diese Aussage zu Herzen, verlässt ihre Familie mit drei Kindern, um für diese Beziehung frei zu sein. Sie trifft diesen hübschen, attraktiven, blonden Mann auch, zieht sich auch bei ihm aus; nur leider war es keine Liebesbeziehung, der junge Mann war Frauenarzt.

Fehlinterpretationen können verheerende Folgen haben. Also ganz klar, Hände weg von der Zukunftsschau, denn alle unsere Ängste und Wünsche sind zu sehen und wir steuern direkt darauf zu. Selten genug sind diese Ziele sinnvoll.

Das Aurasehen ist auch mit der Energie des Milzchakras verbunden. Es gibt Hilfsmittel, um schneller Aura sehen zu können. Vorsicht! Aurasehen ist ja ganz gut und schön, nur verkraftest Du es, die vielen ‚Untoten', die vielen Menschen mit nichts als unsauberen, hässlichen Aurafarben zu sehen? Wie gehst Du damit um, Krankheiten vor dem Ausbruch in der Aura eines Menschen zu erkennen? Du kannst in diesen Momenten nicht helfen, musst zusehen, wie der Betreffende auf sein Unglück zusteuert. Sagst Du etwas, wird in den meisten Fällen Angst aktiviert und dadurch kommt die Krankheit schneller und heftiger zum Ausbruch. Sagst Du nichts, schleichen sich sehr schnell Schuldgefühle ein.

Aktiviere zuerst Dein Sternenchakra, Dein ‚Ich-Sein', Deine Stärke und Dein ‚Ich-weiss-was-ich-will'. Sobald das Sternenchakra kräftig genug ist, wird das Milzchakra automatisch anfangen zu arbeiten.

Noch eine Warnung, das Sehen von Verstorbenen zieht diese erdgebundenen Wesen an. Wird nicht eindrücklich gewarnt:

Geister, die ich rief, werd ich nicht mehr los!

Bitte sei vernünftig, auch wenn es Spass macht, das feinstoffliche Sehen, es ist nicht ganz ungefährlich.

Die höheren Chakras

Von dem Basis- bis zum Stirnchakra haben alle mehr oder weniger mit dem physischen-, dem Trieb-, dem Gefühls- und dem Gedankenkörper zu tun.

Das Kronchakra ist die Verbindungstür zu den ‚höheren Welten'.

Religiöse (nicht kirchliche), spirituelle, geistige, meditative Gedanken und Zustände haben mit diesen oberen drei Chakras zu tun.

Meditation, ohne Musik und bildliche Vorstellungen, auch nicht gesprochene Meditationen beginnen im Kronchakra und steigen auf bis zum Regenbogenchakra.

Dem obersten von den 12 Hauptchakras habe ich den Namen Regenbogenchakra zum besseren Verständnis gegeben. Ein offizieller Name ist mir leider nicht bekannt.

Wir haben das Kronchakra als Verbindungstür, als Einstieg zu den göttlichen, kosmischen Welten. 8 cm über dem Kronchakra befindet sich das Lichtchakra. Dies ist das Tor zu Lichtwesen und den Lichtbereichen. 12 cm darüber, das heisst 20 cm über dem Kronchakra befindet sich der Durchgang, der uns zu den unendlichen göttlichen Energien führt. Du musst schon sehr geübt sein, um in einer Meditation diesen Bereich zu erreichen. Nicht stundenlanges Meditieren, sondern sich intensiv Konzentrieren führt uns zu diesem Zustand. Sobald Du den Weg genau in Deine Herzmitte findest, bist Du in Nullzeit in diesen unendlichen Bereichen.
Ein seltenes dafür umso wunderbareres Gottesgeschenk.

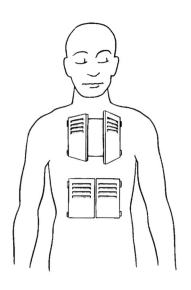

Das Aktivieren der Chakras

In meinem Buch ‚Antwort Deiner Seele' habe ich ausführlich über die Arbeit, über das Öffnen und Schliessen der Chakras geschrieben.

Zur Erinnerung oder für den, der das Buch nicht gelesen hat:

- Wir stellen uns vor, bei jedem Chakra ist ein Fensterladen;
- Wir öffnen und schliessen diesen Laden so oft, bis wir das Gefühl haben, die verrosteten Scharniere funktionieren wieder einwandfrei;
- Du kannst beim Basischakra anfangen und Dich dann langsam nach oben durcharbeiten;
- Auf – zu; auf – zu!
- Am Schluss öffnest oder schliesst Du Dein Chakra je nach Bedarf.

Wir spielen Schildkröte

Mit 12 Chakras kann es manches Mal schon Probleme geben, welches nun geöffnet und welches geschlossen werden muss. Nun ist Deine ‚künstlerische' Ader gefragt. Nimm ein Papier und Stift und zeichne Dir eine schöne (oder weniger schöne) Schildkröte.
Ihr Panzer schützt die Schildkröte vor unangenehmen Umwelteinflüssen. Den Schwanz hat sie jedoch draussen, das heisst, das Basischakra ist offen.
Nun folgt der Bauchpanzer: Das Bauch- und Milzchakra, das Solarplexus- und das Herzchakra sind geschlossen; da ist der harte Panzer davor. Das wichtige Sternenzentrum, das versteckt sich nicht mehr hinter dem Panzer. Das ist offen! Halschakra, das 3. Auge, Stirn- und Kronchakra sind geöffnet.

So bist Du geschützt und kannst doch sehr gut mit Deiner Umwelt kommunizieren.

Basis	Erdung, Stabilität
Bauch	Wir haben unsere Wut und unseren Geldfluss unter Kontrolle.
Milz	Kein unerwünschtes Sehen von Feinstofflichem.
Solarplexus	Wir nehmen keine Gefühle von anderen auf und haben unsere Gefühle besser unter Kontrolle.
Herz	Niemand kann uns in unserer Persönlichkeit verletzen. Liebe wird durch den Panzer nicht behindert.
Sternenchakra	Selbstsicherheit, Selbstbewusstsein, Selbstakzeptanz, Stabilität
Hals	Besser sprechen und sich besser ausdrücken können.
3. Auge	Räumliches Sehen, intuitives Denken
Stirnchakra	Den Überblick haben, erkennen können.
Kronchakra	Die Türe zum göttlichen Bewusstsein

Lichtchakra

Regenbogenchakra

Die zwei obersten Chakras sind nicht mehr auf Deiner Zeichnung und mit diesen zwei solltest Du auch nicht arbeiten. Sie öffnen und schliessen sich selbsttätig. Sie öffnen sich, wenn Du in einem meditativen Zustand, in einem persönlichen intensiven Gebet oder in Deiner Herzmitte bist.

Karma und Unendlichkeit

Karma und Unendlichkeit oder Ewigkeit sind Begriffe, die für uns nicht mehr verständlich sind. Klar wissen wir, was die Unendlichkeit ist. Bist Du Dir da so sicher? Un–endlich, das würde doch heissen, ohne Ende und etwas ohne Ende ist bei uns, solange wir im physischen Körper sind, nicht begreif– und erfahrbar, denn der physische Körper ist endlich, ist nur eine beschränkte Zeit ‚brauchbar'. Selbst wenn wir die biblischen Alter von 300 – 800 Jahren nehmen, ist und bleibt er endlich. Russische Gelehrte haben herausgefunden, wie wir unseren Körper wieder verjüngen können, aber der Körper bleibt trotz allem endlich. Alles, was hier auf Erden ist, ist an Wechsel und Zeit gebunden und solange wir hier auf Erden sind, sind auch wir an die Zeit gebunden. Wir werden in die Zeit geboren und sterben in der Zeit. Für ein kleines Kind ist die Zeit noch nicht existent, erst muss es lernen, damit umzugehen. Einige Minuten können da schon mal zur ‚Ewigkeit' werden.

Warum haben wir so oft zu wenig Zeit oder schlagen unsere Zeit tot?

Zeit ist wirklich nur hier in der Materie erfahrbar. Ein Tier weiss nicht, was Zeit ist. Warum?

Tiere und kleine Kinder haben keinen (noch keinen) Intellekt, deshalb ist für sie ‚Zeit' noch kein Begriff.

Unsere kleine linke intellektuelle Hirnhälfte, die sich grössenwahnsinnig ‚Hirnhälfte' nennt, jedoch je nach wissenschaftlicher Auslegung gerade mal 6 – 10 % unserer aktiven Hirnmasse ausmacht. Dieser kleine ‚Besserwisser', der uns immer weismachen will, dass dies oder jenes nicht geht, den müssen wir mal (wenigstens zeitweise) zum Schweigen bringen. Das ist nämlich der Teil in uns, der behauptet, Rothoring sei ‚Kindergartenzeug' und das könne gar nicht funktionieren. Der will doch tatsächlich behaupten, dass die Lehre von den Russen Scharlatanerie ist und nie und nimmer in den Alltag umgesetzt werden kann.

Bring ihn zum Schweigen.

Auch wenn ich geschrieben habe: ‚Geh mit Deinem Bewusstsein in die Herzmitte', der kleine Besserwisser muss draussen bleiben. Die Bilder, die wir bei Rothoring verwenden, sind hauptsächlich dazu da, um unseren kleinen Besserwisser zu beschäftigen. Durch das Sich-Vorstellen, da hat er was zu tun und schreit uns nicht mit dummem Geschwätz die Ohren

voll. Überliste ihn und arbeite mit Bildern, die er sich vorstellen muss. Das ist wirklich Schwerstarbeit für ihn. In der Zeit kannst Du arbeiten, in der Zeit kannst Du meditieren und wenn Du es schaffst, genau in die Herzmitte zu kommen …
Dann weißt Du, was Unendlichkeit und was Ewigkeit ist. Durch diese kleine Türe kommst Du aus der Zeit heraus. Nicht ‚Zeitlos', sondern da bist Du in der ‚Nichtzeit'. Es ist eine Erfahrung, die leider nicht beschrieben, erzählt oder gelesen werden kann, denn schreiben, sprechen, lesen sind alles ‚Zustände', die an die Zeit gebunden sind. Nicht stundenlanges Meditieren ist gefragt ….
Immer wieder Herzmitte.

Du nimmst einen Stift und fängst an einen Kreis zu zeichnen. Obwohl Du diesen Kreis immer und immer wieder zeichnest, hat er doch Anfang und Ende. Unendlichkeit ist kein Kreis, der irgendwann mal angefangen hat und wenn der Stift keine ‚Materie' zum Weiterzeichnen mehr hat, wieder aufhört. Auch ein Kreis, der in der Materie existiert, hat einen Anfang und ein Ende, selbst wenn er Tausende von Jahren gezeichnet wird.

Wie und wann die erste Seele entstanden ist, kann ich Dir leider auch nicht sagen. Es gibt so viele Theorien darüber und das Traurigste ist, dass genau diese Frage zu religiösen Kriegen geführt hat und führen kann. Welche der Theorien Dir gefällt, musst Du selber wissen.

Die Frage ist nur, wenn doch das göttliche Prinzip allgegenwärtig ist und somit jedes Atom das göttliche Prinzip ist, ist ‚Gott' unendlich, diese göttliche Energie ist ewig, dieses Samenkorn, das sich immer erneuert und aus dem Alles entsteht.

Ein Bild aus dem Hinduismus ist die Dreieinheit von:

Brahman   Der Schöpfer
Vishnu   Der Erhalter
Shiva   Der Zerstörer (Auflöser)

Der göttliche Atem.
Ein ewiger Kreislauf, ohne Anfang und ohne Ende.

Du atmest Sauerstoff ein und schöpfst damit in Dir Lebensenergie; Der Sauerstoff erhält Deinen physischen Körper; beim Ausatmen lässt Du alles los, was Du nicht brauchst.

Karma. Du fragst Dich nun sicher, was hat Karma mit der Ewigkeit zu tun. Eigentlich gar nichts, wenn … Ja, wenn wir uns verzeihen könnten.

Dieses:
Ich habe einen Fehler gemacht;
Es tut mir leid;
Ich verzeihe mir;
Ich hab mich lieb.

Das ist der Schlüssel.

Das göttliche Prinzip ist Liebe. Wenn Du willst natürlich auch Licht. Leider sind auch das wieder zwei Worte, die in der Materie einen total anderen Sinn bekommen haben. Nur – wir haben keine anderen Worte zur Verfügung, also brauchen wir im Moment mal diese ‚Aushilfsworte'.

Wenn doch jedes Atom zum göttlichen Prinzip gehört und wir doch aus nichts anderem als Atomen bestehen … ?

Wenn das göttliche Prinzip absolut reine ‚Liebe' ist, können wir uns selber doch gar nicht böse sein. Wir erwarten Gnade und Verzeihung, wir sind durch unsere Struktur, durch unsere ‚Atomzugehörigkeit', Gnade und Verzeihen.

Wer hat da etwas von Versuchung und Verführung gesagt?

Vergebung ist der einzige Weg, um sich aus der Verstrickung der teuflischen Dreieinigkeit zu lösen.

Karma ist Verstrickung.

Karma ist, sich nicht verzeihen zu können.

Karma ist Leiden.

Karma zu leben und zu erleiden, ist nicht im Sinne der allgegenwärtigen Energie.

Mit Rothoring und Hieven hast Du eine Möglichkeit, Karma, das ‚Sich-Nicht-Verzeihen-Können', das ‚Sich-Bestrafen-Wollen' aufzulösen.

Mit jedem Dreckhaufen, den Du in Dir auflöst und entsorgst, löscht Du auch ein klein bisschen von Deiner gar nicht existierenden Karmaschuld.

Nicht hier in der Materie, nicht hier auf Erden können wir durch Leiden unser Karma abbauen oder gar auflösen. Nur durch Erkennen und Uns-Verzeihen stoppen wir „Karmaschuld". Nach unserem Tod werden wir mit unserem ganzen Leben konfrontiert, mit bewusst und unbewusst gemachten Fehlern.

Hast Du schon hier gelernt, Dir zu verzeihen, kannst Du Dir auch bei Deiner Lebensschau verzeihen.

Das ganze Märchen von Hölle und ewiger Verdammnis ist wirklich eine Mär, eine von machthungrigen Seelenführern erfundene Geschichte, nur leider ... Die Kraft der Gedanken hat so ein unlogisches Gebilde wie die Hölle geschaffen. Unser Unterbewusstsein hat diese Beeinflussungen, diese unwahren Einflüsterungen in sich integriert und diese in unserem Unterbewusstsein gelagerten Gedanken nehmen wir mit auf unsere ‚Reise'.

„Du hast gesündigt, du brauchst Strafe!" sitzt so tief in uns, dass wir, sobald wir unsere Fehler sehen, schön brav sagen: "Ich habe gesündigt, ich verdiene Strafe." Wir kreieren unser neues Leben auf dieser Basis, suchen uns Eltern mit Fehlern, damit wir

schon als kleines Kind mit unserer ‚Strafreise' beginnen können. Lerne hier und jetzt:
Ich habe Fehler gemacht!   Ich verzeihe mir!

Verjüngungskur

Der Arbeitstitel zu diesem Buch war:
Die zahnende Oma

Im Laufe des Schreibens hat es sich jedoch gezeigt, dass sich die Leute unter diesem Titel nichts vorstellen konnten. Also musste ich erneut auf Titelsuche. Sicher fragst Du Dich nun auch, warum ‚die zahnende Oma'.
Rein theoretisch könnte ich schon Urgrossmutter sein und wie es so bei älteren Leuten der Fall ist, ist der Zahnarzt freudig überrascht, dass schon wieder ein Zahn gezogen werden muss. Er heuchelt Beileid, obwohl ihm das niemand so richtig abkauft. Er macht ganz brav Vorschläge, was für Möglichkeiten es anschliessend gäbe. Angefangen bei einer Brücke bis zu einem Implantat, Hauptsache seine Kasse klingelt. Versuch einmal

Deinem Zahnarzt zu erklären, dass Du nichts von all dem willst, sondern Dir einen neuen Zahn wachsen lassen willst. Von auslachen, aus der Praxis weisen bis zu einem halbstündigen Vortrag, warum das unmöglich sei, liegt alles drin.
Einen Zahn wachsen lassen? In deinem Alter? Bei dir piept es wohl? Solche und noch viel liebenswürdigere Kommentare bekam ich zu hören. Jetzt erst recht. Ich will Euch beweisen, dass es nichts gibt, das nicht möglich ist.

Erst habe ich mich hingesetzt und den ganzen zahnärztlichen Vortrag wieder aus meinem Kopf entfernt. Als zweites habe ich alle Kommentare von Eltern, Grosseltern, zahnärztlichen Betreuern herausgenommen, die mir alle weismachen wollten: Pass auf deine Zähne auf, es gibt keine dritten umsonst. Der Ausschlag für mein Tun war ein antiquarisches Buch. Ein Yogi aus Indien hat sich zum hundertsten Geburtstag neue Zähne wachsen lassen. Warum muss ich erst 100 werden, wenn der das kann, kann ich das auch. Alles Nichtglauben, alle alten Märchen von ‚das geht doch nicht' habe ich mit Rothoring einfach aus mir ‚herausoperiert'.
Aus meinem Herzzentrum, ich hab mich schliesslich lieb, habe ich mir eine neue Zahnzelle an die unterste Spitze der nicht mehr vorhandenen Zahnwurzel transplantiert. Immer wieder spürte ich ein leichtes Kribbeln an dieser Stelle. Immer wieder

sage ich der Zelle auch danke für ihre Bemühungen. Immer wieder erkläre ich ihr, sie soll sich so oft teilen, bis ein wunderschöner Zahn da ist, der kräftig zubeissen kann. Ich habe in einem Anatomieatlas nachgeschaut und mir die Form des Zahnes gut eingeprägt. Immer wieder stell ich ihn mir vor. Auch den Zellen des Zahnfleisches und des Kieferknochens habe ich den Auftrag gegeben, sich wieder in der natürlichen Urform zu stabilisieren.

Der Besuch eines russischen Heilerseminars hat mein Tun bestätigt. In Russland gibt es Schulen, die nicht nur Zähne, sondern auch wegoperierte Organe wieder nachwachsen lassen.

Versuche mit anderen Alterserscheinungen haben mir gezeigt, sobald ich die Ursache des Alterns und vor allem die Ursache des Glaubens an den Alterungsprozess entfernt habe, haben sich bei mir Runzeln geglättet, Alterflecken sind verschwunden und ich habe wieder mehr Energie und Lebensfreude.

Das glauben, was alle erzählen, glauben, was uns die Werbung weismachen will, glauben, was uns die Schulmedizin erzählt, glauben, was uns die Kosmetik-Industrie jeden Tag vorgaukelt, das lässt uns brav altern. Sag nein dazu, befreie Dich von diesem Konsumzwang. Verjünge Dich!

- Zuerst einmal Rothoring mit allem, was Du übers Altern weisst.

- Aus der Kiste nimmst Du junge gesunde Zellen und setzt sie da ein, wo Du eine Veränderung haben möchtest.
- Nun nimmst Du mit Hieven Dein runzeliges altes Vorbild heraus.
- Licht einatmen;
- Steh auf und stell Dich aufrecht hin
- Stell Dir vor, Du stehst in einem Lichtstrom, in einer Lichtdusche und dieses Licht durchströmt Dein Rückgrat, Deinen ganzen Körper.
- Unter Deinen Füssen ist ein Ablauf und alles was aus Deinem Körper durch das Licht ausgeschwemmt wird, fliesst ab.
- Oben, über Deinem Kopf, ist ein Filter. Auf den kannst Du zum Beispiel schreiben: ‚Ich hab mich lieb'; oder ‚alle meine Zellen besinnen sich auf ihre Urform'; die Russen in dem Heilerseminar nennen das die göttliche Norm; ‚Alle Zellen regenerieren sich' etc.
- Stolperst Du über etwas, das Du schreiben möchtest, aber irgendwie geht's nicht so recht, kurz mit Rothoring die Ursache entsorgen und Dein Schreiben klappt wieder.
- Du kannst auch wie bei Mentalmedizin Altersflecken, Runzeln, Talgansammlungen, Alterswarzen und noch vieles mehr auflösen.

? Immer wieder kommt die Frage:
Ist es denn überhaupt sinnvoll sich zu verjüngen?
? Und was ist mit der Überbevölkerung?

Ich glaube, ein Besuch in einem Alters- und Pflegeheim ist schon mal eine Antwort. Warum soll ich, wenn ich alt bin, gebrechlich, vergreist oder gar pflegebedürftig sein? Gesund und gut drauf, so wünschen wir uns doch alle das Alter. Überlege Dir einmal, wie alt Du werden möchtest und vor allem, woran Du sterben möchtest. Das heisst nicht ein vorzeitiges Ende, es heisst auch nicht 200, 300 Jahre alt zu werden, aber mich wohlzufühlen bis zu meinem letzten Atemzug, bis zu dem Moment, in dem ich meinen Körper verlasse. Schleichen sich bei Deinem gedanklichen Sterbeprozess Krankheit, langes Leiden, Schmerzen, Dahinsiechen, Todeskampf oder andere Komplikationen ein, entsorge sie so schnell als möglich mit Rothoring. All die Gedanken, die Dir in diesem Moment in den Sinn kommen, sind alte, unnötige Vorbilder und Programmierungen. Ab ins Feuer damit.
Du hast Dein Leben gelebt, Du sagst Ja zum Sterben, dann braucht es kein mühsames schmerzhaftes Festklammern am Hiersein mehr.
Wenn Du intensiv im Moment lebst, brauchst Du auch keine 200 Jahre alt zu werden, um Deine Erfahrungen zu machen.

Die Hummel

Drei Naturwissenschaftler betrachten und studieren eine Hummel. Der erste schüttelt den Kopf: „Es ist einfach unmöglich, dass die Hummel fliegen kann. Der Körper ist viel zu schwer." Der zweite nickt dazu: „Ja, ja und die Flügel sind viel zu schmal und zu kurz, als dass sie damit ihren schweren Körper in der Luft halten kann." Der dritte betrachtet das Tierchen von allen Seiten: „Die vielen langen Haare, das gibt einen viel zu grossen Luftwiederstand und ausserdem Turbulenzen die ein Fliegen wirklich unmöglich machen."
Die Hummel trippelt einige Schrittchen nach links, dann einige nach rechts, spannt ihre Flügelchen und fliegt davon.
Weißt Du, warum sie doch fliegen kann?
Sie weiss es einfach nicht, dass sie mit diesem Körper gar nicht fliegen könnte!

Inhaltsverzeichnis

9	Das kosmische Gesetz
19	Selbstverantwortung
23	Was heisst Rothoring?
27	Herzmeditation
31	Erste Rothoringübung
41	Zweiter Schritt
51	Reinigung der Chakras
55	Mentalmedizin
69	Sucht auflösen
77	Wut
83	Vergangenheit und Zukunft
91	Hieven
95	Probleme mit anderen Menschen
99	Mobbing
101	Gruppenrothoring
105	Rothoring mit Tieren
107	Rothoring mit Kindern
110	Rothoring mit debilen Menschen
111	Warum erst jetzt
117	Wassermannzeitalter
125	Die neuen Chakras im Wassermannzeitalter
141	Karma und Unendlichkeit
147	Verjüngungskur
155	Dankeschön

Erklärung zu Text - Seite 86

Ich hab einen Fehler gemacht;
Es tut mir leid;
Ich liebe mich!

Ungefähr so steht der Satz im Buch „Cosmic Ordering" von Bärbel und Manfred Moor aus dem Koha Verlag.

Bevor das Buch von Bärbel und Manfred Moor erschienen ist, habe ich meinen Kursteilnehmern oft gesagt:

„Ich habe Fehler gemacht;
Es tut mir wirklich leid und ich versuche diesen Fehler nicht mehr zu machen;
Ich verzeihe mir!
Denn ich habe mich lieb."

Ich finde es wunderschön, dass diese Wahrheit auch in anderen Büchern steht.

Dankeschön

An alle meine lieben Versuchkarnickel, die freiwillig all das im Buch Erwähnte mit Erfolg ausprobiert haben!

Fast jede Krankheit, jedes Leiden, jeder Unfall ist das Ergebnis gehemmten Seelenlebens. Die Kunst des Heilens und Selbstheilens besteht darin, die Seele freizumachen.

Liebesgeflüster mit deiner Seele

Ein Buch, das den Leser auffordert, den intuitiven Teil seines Selbst zu entdecken und mit dem «Heiler in uns» Kontakt aufzunehmen. Es zeigt anhand von verschiedenen Krankheitsbildern auf, dass Krankheit ursächlich ein Signal der Seele ist. Es fordert uns auf, einen kurzen Moment auf unserem Wege innezuhalten, uns um zu sehen und die «Steine» auf unserem Weg wegzuräumen. Dem Leser wird angeboten, seine Krankheit von einem neuen Standpunkt aus zu betrachten und die Linderung seiner Leiden von innen herzu holen.

«Liebesgeflüster mit deiner Seele» ist ein Buch der Praxis, das zur Aktivität und zum «Sich selber sein» aufruft. Es preist keine «Patentrezepte» und Wunderheilungen an, es ruft den «Wunderheiler» in uns wach.

ISBN 978-3-905050-05-9

Sprenge die Mauern deiner Beengtheit, bringe Licht in deine Dunkelheit, Tanze mit deiner Seele in den inneren Frieden.

Antwort deiner Seele

Das Arbeitsbuch zu dem Buch «Liebesgeflüster mit deiner Seele». Ein zweites Buch, das nicht nur «Anhänger» ist, sondern auch als Einzelbuch dir den Weg zu deinem «Selbst» zeigt. Ein Hilfsmittel, um deine «Fassade» abzubauen und deinem wahren SELBST in voller Grosse und Schönheit zum Durchbruch zu verhelfen.

Wie sind sie zu verstehen und, was noch viel wichtiger ist, wie können wir lernen, damit umzugehen; lernen, sie in unserem Alltag, in unserem «Sein» nützlich und «gewinnbringend» einzusetzen und zu gebrauchen.

ISBN 978-3-905050-04-9

Eine Kinderseele ruft um Hilfe

Ein Buch, das dir hilft die Alltagssorgen deines Kindes und seine Probleme besser zu verstehen. Es hilft dir zu erfühlen, was die kindliche Seele dir sagen möchte. Indem du die Sprache der Seele verstehen lernst, kannst du viel Leiden und viel Leid von deinem Kinde fernhalten.

Es zeigt dir auch, wie gross deine «Mitbeteiligung» bei Krankheit, Unfall oder Leiden ist und wie du am besten diese Einflüsse stoppen und auflösen kannst.

Es zeigt, wie stark der Einfluss deiner Gedanken, deiner Gefühle und deines Tuns auf das Wohlbefinden deines Kindes einwirkt.

Und vor allem zeigt es dir auch, warum dein Kind ausgerechnet zu dir gekommen ist und sich nicht «liebere», «bessere», «wohlhabendere» Eltern ausgesucht hat.

ISBN 978-3-905050-03-9

Klang der Wahrheit

Ein Buch für Helfer, Heiler, Therapeuten und alle diejenigen, denen ihre Mitmenschen und ihre Umwelt am Herzen liegen.

Durch das bewusste Einfühlen in Farben und Edelsteine erfahren wir nicht nur deren Schwingung und Heilkraft, sondern erkennen auch unser eigenes Selbst, unser Potential und unsere Grenzen.

Unsere Seele hat aus irgendeinem Grund den Weg durch die Materie, durch die Dualität, durch die Polarität gewählt, und nun gehen wir den Weg der Gegensätze mit all seinen Konsequenzen.

ISBN 978-3-905050-07-3

Schwarz und Weiss sind keine Farben

Ein Buch für Mutige!

Einfach und klar wird in diesem Buch aufgezeigt: Das Wassermannzeitalter, die neue Zeit, was für Auswirkungen und Konsequenzen sie für uns bringt.
Wie die sieben Strahlen und der Regenbogen auf uns wirken.
Unsere früheren Inkarnationspersönlichkeiten und wie sie uns heute beeinflussen.
Gedanken und Träume, die unbekannte Macht und Gefahr.
Karma, Ursache und Wirkung, einmal aus ganz anderer Sicht betrachtet.
ISBN 978-3-905050-06-6

PETROVA

Ein Kaleidoskop von Leben

31287 Worte sind in diesem Buch vereint.
Wie viele davon sind überflüssig, zuviel?
Vor vielen, vielen Jahren hatten chinesische Weise die Aufgabe, das wichtigste Wort zu suchen. Sie haben alles, was nicht notwendig und nicht wichtig war, weggestrichen. Nur ein einziges Wort blieb übrig.
Es war das Wort:
SEIN
Dieses Sein ist für uns wirklich ein Problem geworden. Wir haben verlernt zu sein. Wir wissen nicht mehr, was dieses Sein ist.
Vielleicht braucht es genau diese 31287 Worte, um dieses Sein wieder zu erlernen?
ISBN 978-3-905050-08-0